PAR
TIR

Une collection dirigée par Mikaël Ollivier

ISBN 978-2-36474-454-7

CONCEPTION GRAPHIQUE :
couverture Marion Bataille
intérieur Bärbel Müllbacher

ISABELLE COLLOMBAT

NOUVELLES

EDITIONS
THIERRY
MAGNIER

Sommaire

À Victor, Barbara, Gaspard et Juliette.

« Un homme qui crie n'est pas un ours qui danse. »
« Partir », Aimé Césaire, *Cahier d'un retour au pays natal*, 1947

La petite fille coupée en deux

Au tabac-presse, je demande un carnet de timbres à la place de maman qui sourit à l'employée en secouant la tête.

– Merci, prononce seulement maman, mais elle le répète à plusieurs reprises, en hochant la tête, débordante de reconnaissance, à tel point que la jeune femme à couettes commence à la regarder de travers et à s'interroger.

N'a-t-elle fait que vendre un carnet de timbres ? Ou s'est-elle, à son insu, rendue coupable d'une tout autre mission bien plus compromettante ?

Maman fait des complexes. Elle estime que je parle français beaucoup mieux qu'elle. Dès qu'elle le peut, elle m'appelle à la rescousse. Et moi, cela ne me gêne pas de lui servir d'interprète.

Je glisse sur le trait jaune tout luisant de pluie qui court le long du trottoir comme un ourlet de satin sur une robe de lin. Les yeux rivés sur la pointe de mes ballerines mauves, je me concentre pour ne pas déborder, ne pas me laisser emporter par mon cartable qui penche dangereusement du côté des voitures. Je poursuis à cloche-pied. Les grosses fleurs brodées sur ma jupe dansent autour de mes jambes. Par instants, je m'accroche à la vieille poussette que maman fait avancer à côté de moi dans un raffut grinçant de métal et de caoutchouc. De l'autre côté, ma petite sœur Zeynep traîne les pieds, encore tout ensommeillée. Elle ne veut pas aller à l'école. Je nous raconte des histoires d'enfants perdus, de géants croqueurs de lunes et de princesse amoureuse d'un petit pois. Dans la poussette, mon petit frère s'est rendormi, bercé par le roulement et mes récits insensés. Maman s'esclaffe. J'aime entendre jaillir son rire. Je la trouve particulièrement belle ce matin. Je l'observe du coin de l'œil. Son visage plein et rond, légèrement doré, gainé d'un voile vert émeraude.

Ses paupières maquillées de poudre rose, soulignées d'un trait de khôl. Quelques paillettes perdues scintillant sur ses joues. Sa bouche charnue qui rebique de chaque côté. Maman a un port de reine. Elle reprend avec moi un refrain que je fredonne entre deux histoires : *Dandini dandini dastana...*

Je me crispe en apercevant le bout de la rue, juste avant le panneau du stop, ma frontière invisible. Je me tais. Mon dos se tend. Ma gorge se remplit de cailloux. Après le passage piéton, le trottoir conduit tout droit à l'école. Des enfants et leurs parents se dirigent vers le portail. Je délaisse le trait jaune, me faufile entre le mur et ma petite sœur. Maman claque la langue. Elle me chuchote dans le cou :

– Tu ne vas pas recommencer, Nur. Tu es grande, à présent. Tu as huit ans !

Ma main glisse sur les doigts de maman. Mes genoux se cognent. Je la supplie des yeux de ne pas m'en vouloir, de ne pas se fâcher, de m'accepter telle que je suis. Mais maman se lamente :

– Comment je dois te le dire ? Je suis bien placée pour savoir que tu es une vraie pipelette !

Je trébuche. Je tombe sur mon genou droit. Mon cartable m'entraîne la tête la première sur l'asphalte trempé. Mon petit frère hurle tout à coup. Il ne supporte pas que maman ait arrêté la poussette. Je me relève seule. Du sang coule sur mon genou, sur mon front, sur mon chemisier, sur mes ballerines. Maman se précipite avec des mouchoirs en papier, laissant Atif vociférer. Elle prend un air sévère pour me débarbouiller. Elle peste :

– Te voilà bien arrangée pour la rentrée !

– Ça pique !

Je sens mes deux fossettes forer profondément mes joues. Des vagues fouettent mon front. Maman jette un œil au panneau d'affichage. Elle cherche nos prénoms dans les listes.

– Zeynep, tu es dans la classe de CP de Nadine Mercier. Et toi, Nur, tu es dans celle de CE2 de Dominique Volontaire. Dominique, c'est un prénom de fille, ça, non ? Ou de garçon ?

Maman se tourne vers moi. Je hausse les épaules en secouant la tête. Si elle ne le sait pas, je ne vois pas comment je pourrais être mieux informée qu'elle.

– Je vais aller lui parler.

Je secoue la tête.

– S'il te plaît, maman, n'y va pas !

Je ne bouge pas. Je ne voudrais plus être cette élève qui se fait remarquer parce qu'elle n'est pas comme les autres, toujours en retrait, murée dans le silence. Je rêve d'être une enfant modèle comme Lucia qui a toujours un mot gentil pour la maîtresse, une attention, une remarque pertinente. Mais je ne sais pas faire autrement. Je n'en suis pas capable. Je suis un être inachevé. C'est exactement ce que je ressens depuis ma première rentrée à l'école maternelle. J'ai la sensation que ma mère ne m'a pas fabriquée en entier, qu'elle a oublié une partie de moi-même quand elle m'a mise au monde. J'ai pourtant essayé à plusieurs reprises de changer, mais mes tentatives sont vouées à l'échec.

Maman s'éloigne. Je m'accroche à la grille, pieds serrés, bras croisés, menton rentré. Je l'implore encore :

– Maman !

Mais elle ne m'écoute pas. Elle m'a laissé Atif qui gazouille à présent dans sa poussette. Elle se fraye un chemin dans la petite foule des élèves et des parents qui se pressent autour des enseignants. À côté de moi, Zeynep s'est déjà éloignée vers ses copines et sa maîtresse.

Encadrée de ses parents, Blandine m'adresse un signe de la main et un immense sourire teinté de déception :

– Nous ne sommes pas dans la même classe cette année !

Je tourne mon pouce vers le sol pour lui montrer que je partage sa déception. Blandine est si jolie dans sa robe de rentrée à petits motifs bleus, blancs, rouges. Sa queue-de-cheval, longue et blonde, virevolte au-dessus de ses omoplates. Mais je ne lui dis pas le moindre mot, comme toujours. Je m'exprime avec des gestes. Je suis pourtant dotée de ce qu'il faut pour parler. Mais à l'école, il me manque quelque chose. J'ignore quoi exactement. Je voudrais disparaître. La honte m'enveloppe d'une pellicule poisseuse qui ressemble à cette substance brune qui asphyxie les oiseaux sur les plages mazoutées après une marée noire. J'imagine que je me volatilise en fines particules m'incrustant dans le macadam de la cour, juste à l'endroit où un bourrelet de goudron enserre le tronc argenté du tilleul qui s'ennuie entre le bac à sable et le préau. Atif me sourit, je poserais volontiers ma tête sur son ventre de bébé.

– Bonjour Nur ! Je m'appelle monsieur Volontaire. Je suis ton maître cette année.

Je ne vois d'abord que ses mocassins miel et le bas de son pantalon en velours. Quand je lève enfin les yeux, j'aperçois une barbe rousse qui fourmille de minuscules boucles et une barre de sourcils au-dessus d'un regard du même vert que le voile de maman. J'écarquille les yeux. Je ne m'attendais pas à avoir un maître. Il n'est pas vraiment jeune. Une cicatrice très fine, sans doute ancienne, serpente près de son oreille droite.

– On y va ?

Il tend son bras vers les élèves déjà en rang qui n'attendent que moi. Je suis mon nouveau professeur sans un mot. En passant, maman me colle, devant tout le monde, un baiser un peu trop sonore.

– Je suis sûre qu'il est très gentil !

Dans la classe, le maître nous laisse nous asseoir à la place de notre choix. Je prends le bureau le plus près de la porte. Étrangement, personne ne bavarde. Tout le monde semble observer le maître. Il est le seul nouveau dans notre classe. Quand nous nous sommes installés avec nos trousses et nos cahiers, il nous demande de le rejoindre par terre sous le tableau et de nous asseoir en tailleur et en cercle autour de lui. Il nous montre des mouvements de tête, des grimaces, des roulements d'épaules, des étirements. Nous l'imitons consciencieusement. Personne ne glousse, tout le monde sourit. À la fin, il demande que chacun dise son prénom. Je blêmis. Ma langue brûle dans mon palais. Quand vient mon tour, mon cœur semble s'être déplacé dans mon crâne et ses battements cognent contre mes tempes. J'entends chuchoter à côté de moi. Puis Lucia, cette perfection de la nature, tend son bras pour prendre la parole. Je sais déjà ce qu'elle va dire, que je ne parle pas, que personne ne m'a jamais entendue parler en classe, que les maîtresses se sont habituées à ce que je leur dessine en couleur ce que je ne dis pas avec des mots, que mes dessins sont très bizarres, que je m'acharne à tirer un trait noir très épais au milieu.

Mais le maître demande à Lucia de baisser le doigt. Il sourit en me regardant.

– Non, ne dis rien ! me demande-t-il. Je me souviens très bien de ton prénom. Tu t'appelles Nur. Nur, cela veut dire « lumière » en turc. C'est un très beau prénom.

– Moi aussi, mon prénom veut dire lumière, s'écrie aussitôt Lucia, mais moi c'est en espagnol.

J'ouvre des yeux ronds sur Lucia. Elle ajoute, comme si elle lisait dans mes pensées :

– Ma maman est espagnole. D'ailleurs, cette année, elle m'a inscrite à un cours de flamenco, une danse que l'on pratique à Séville. Séville, c'est là où ma famille espagnole habite.

Mon voisin enchaîne avec son prénom et, à chaque fois, le maître essaie de trouver ce que signifie le prénom de chacun. Certains prénoms ont des origines bretonnes, américaines, italiennes. D'autres ne veulent rien dire du tout.

La matinée file très vite avec ce nouveau maître. À midi, maman ne me pose aucune question. Je lui raconte tout très vite entre l'école et la maison. Dans sa poussette, Atif regarde les nuages valser dans le ciel et se métamorphoser en animaux. À côté, Zeynep s'entraîne à compter jusqu'à l'infini, c'est-à-dire jusqu'à 20. J'oublie de marcher sur le trait jaune du trottoir. Devant la porte d'entrée, je demande à maman :

– Atif, ça veut dire quoi ?

Maman fait de grands yeux et secoue la tête.

– Et Zeynep ?

– En français ?

Maman fait la moue en poussant la porte.

– Tu sais, moi, le français, je le parle moins bien que toi.

On arrive à la maison. Accrochée au mur, dans l'entrée, une guirlande de perles en verre bleu foncé nous accueille : ce sont les yeux bleus « Nazar Boncuğu » qui nous protègent du mauvais œil. Maman a fixé une perle de verre plus petite sur la veste d'Atif. Je les regarde comme pour la première fois.

Maman se baisse et murmure contre ma joue :

– Et, toi, Nur, tu sais bien ce que tu es, ma lumière !

– Comment tu as appris le français, maman ? À l'école ?

Maman enlève son voile. Ses cheveux longs se répandent en bandeaux noirs sur ses épaules.

– Quand je suis arrivée en France, je ne parlais pas le moindre mot. J'ai appris le français avec toi en regardant les dessins animés à la télé et en t'emmenant à l'école. Quand tu étais à la maternelle, j'étais volontaire pour toutes les sorties où tes maîtresses avaient besoin d'un parent. Je me disais : si je reste à la maison toute seule, jamais j'apprendrai à parler français. J'ai suivi quelques cours, mais le résultat n'est pas très brillant. Toi, tu as de la chance : tu parles aussi bien le français que le turc. Tu es française et tu es turque.

Je monte sur une chaise dans la cuisine pour attraper une boîte que maman garde dans le buffet.

– Nur, tu vas te casser la jambe ! Qu'est-ce que tu cherches ?

Je ne réponds pas. De toute manière, maman est partie changer Atif dans la chambre.

L'après-midi, juste avant la récré, j'avance vers le bureau de M. Volontaire. J'ai pris une grande décision, mais mes jambes flageolent. J'avale ma salive et toutes les peurs. Je serre dans ma main la perle de verre bleu foncé que j'ai ramenée de la maison et un dessin que j'ai fait après le repas.

– Monsieur Volontaire, j'articule doucement.

Mon maître pose les yeux sur moi avec délicatesse, à peine, comme on observe un papillon ou un oiseau pour ne pas l'effrayer. Il hoche la tête au ralenti. J'ouvre ma main sur son bureau et je dépose l'œil bleu sur le bois.

– C'est pour vous.

Le son vibre entre mes lèvres. Je lui explique ce que signifie « Nazar Boncuğu », l'œil bleu. Ma voix s'échappe un peu trop vite de ma bouche et bute parfois sur des mots. Mais mon maître ne me corrige pas. Il prend la perle du bout des doigts, la regarde un long moment.

– C'est très joli, un œil bleu. Je te remercie. Je vais le garder dans mon tiroir pour protéger toute la classe.

Je proteste :

– Non, celui-ci vous appartient. Pour la classe, j'en amènerai un autre. Et voici mon dessin !

J'ai dessiné une école. Un bâtiment rose sous un toit vert avec une cour de récréation foisonnante d'enfants, illuminée par les rayons d'un soleil généreux. Le maître se reconnaît tout près du tilleul. Il sourit. Aucun trait noir ne coupe mon dessin.

Je tourne les talons. Mes ballerines claquent contre le carrelage. Et dans ce mouvement qui m'entraîne vers l'extérieur, mon corps est un tout qui m'enveloppe de la tête aux pieds. Je ne suis plus coupée en deux. Je me sens rassemblée. La maison et l'école. La Turquie et la France. Je n'ai plus peur de me perdre.

Tête de traître

J'inspecte encore mon équipement, vérifie mon sac. Crampons, bas, short, maillot, survêt, protège-tibias. Mon rituel du dimanche matin me rassure en temps ordinaire. Mais aujourd'hui, j'ai le souffle coupé sans bouger. Je me sens nerveux. Cet après-midi, j'ai match. Mon équipe, petit poucet du championnat, reçoit l'ogre de la compétition, Savigny. Une équipe de grands gabarits, des types taillés comme des bûcherons, des physiques de molosses dont on a déjà pu éprouver la redoutable efficacité en match amical juste avant le début de la saison. Nous, à Saint-Laurent, on n'est pas vraiment des baraques, juste des gars motivés. Comparés à eux, on doit avoir l'air de modèles réduits, à commencer par moi. Je ne suis pas spécialement petit. Mais j'ai beau faire des pompes tous les matins, mes muscles ne gonflent pas, quasiment invisibles sous ma peau. Plutôt le profil d'un basketteur, tout en longueur. Une fois, dans les vestiaires, le joueur d'une autre équipe m'a proposé des pastilles qui font grossir les muscles, j'ai dit non évidemment. Je ne vais pas commencer à me doper à neuf ans trois quarts. Mais, la nuit, parfois je rêve qu'un druide me concocte une potion magique ou qu'un génie exauce mon vœu : devenir une légende du foot, un Platini ou un Pelé, sans jamais absorber la moindre poudre de perlimpinpin.

Ma passion dans la vie, c'est le foot et rien d'autre, malgré tout ce que j'entends sur ce sport qui a mauvaise réputation. Avec les filles de ma classe qui se représentent des tribunes remplies de hooligans et des joueurs aussi décervelés qu'une colonie de moules sans leur coquille, il vaut mieux à la rigueur avouer un penchant pour le badminton ou le mini-golf que pour le ballon rond.

Dans ma famille, je n'ai pas ce problème. Fille ou garçon, jeune ou vieux, tout le monde joue au foot. De ma grand-mère Françoise, l'un des arbitres les plus respectés de la région, qui officie des poussins aux minimes aussi bien du côté des équipes féminines que du côté des équipes masculines, à ma petite sœur Yasmine qui n'a encore rien compris au hors-jeu, on a ça dans le sang. Même ma mère s'y est mise après avoir épousé mon père. Je ne sais pas comment il s'est débrouillé avec elle. À l'époque de leur mariage, ils habitaient encore en Algérie, à Tizi Ouzou, et si l'Algérie possède une équipe de foot féminin, je ne suis pas certain qu'il soit très courant de jouer au foot là-bas quand on est une fille. Elle s'est improvisée entraîneuse-soigneuse depuis qu'une blessure au genou l'empêche d'enfiler les crampons. Mon père et mon grand-père Abdul jouent dans la même équipe. À partir d'un certain âge, il n'y a plus de catégories. Le premier est gardien de but, le second défenseur. Alice, ma grande sœur, est une espèce à protéger, une attaquante au talent exceptionnel. Un jour, devant la maison, elle s'est mise à dribbler et personne n'a pu l'arrêter. J'envie son jeu de jambes à peine travaillé. À ce rythme-là, plus tard, elle sera peut-être ballon d'or si cette récompense existe un jour pour les filles aussi.

Invariablement, le dimanche, on déjeune léger et on file tous au stade. On marche en troupeau au milieu des rues désertes de notre petite ville engourdie. Je prends la tête avec ma grand-mère et les autres nous suivent juste derrière. On n'a pas toujours tous un match à disputer. Mais on se soutient les uns les autres. Notre famille fonctionne à sept comme un onze. Solidaires, on est prêts à mouiller le maillot pour avoir un bon collectif. Aujourd'hui, ils viennent tous pour moi.

– Il faut de la technique, de la tactique et du physique, répète ma mère dans mon dos. Compris, Sacha ?

Je hoche la tête. Facile à dire. Ma grand-mère me sourit. Elle ne parle jamais beaucoup, mais nous nous comprenons bien tous les deux. Juste avec les yeux, elle me dit qu'elle a confiance en moi.

– Il faut éviter de donner à l'adversaire des possibilités de contre-attaque, poursuit maman en bon coach. Ensuite, à vous de savoir marquer.

Yasmine déboule et me bouscule. Ma petite sœur est un ouragan perpétuel. Je ne râle pas, je reste concentré sur mon objectif, même si des sueurs froides coulent déjà le long de ma colonne vertébrale.

– Dis, Sacha, c'est vrai que ceux de Savigny sont de gros malabars qui assassinent tous leurs adversaires et que tu risques de prendre une sacrée pâtée ?

– Qui t'a dit ça ?

– Bouche cousue. Top secret.

Je jette un œil derrière moi. Alice discute avec papa. Je suis le seul de la famille à savoir que ma sœur aînée a un petit copain. Gabriel Müller, un intello artiste, clarinettiste et pas sportif pour un sou. Je les ai surpris tous les deux devant la boulangerie. Ils se touchaient les doigts !

Mon cœur accélère au niveau de la gare routière. Mon estomac ressemble à un sac de nœuds. Respiration ventrale. Je tente de reprendre le contrôle de moi-même. Mon mental ne doit pas se laisser dévaster. Maman passe la main sur mes épaules.

– Dénoue tout ça, Sacha ! Décontracte-toi.

J'ai souvent l'impression d'être transparent pour maman. Elle devine toutes les émotions et les pensées qui me traversent. Parfois, je voudrais pouvoir couvrir mon corps d'une fine pellicule blindée qui rendrait ses yeux incapables de me radiographier. En attendant, je suppose qu'une armure aurait été plus appropriée pour affronter Savigny.

Quand nous passons le pont, leur car est déjà garé devant le portail du stade. Il est vide. Ils doivent être sur la pelouse ou dans les vestiaires. J'ai envie de vomir. Je ne me reconnais pas. Mes dents s'entrechoquent. J'articule deux mots pour dire à ma famille que je vais me changer. Je remonte l'allée. Je pousse la porte. J'entends leurs cris, leurs rires derrière la cloison. Ils sont toute une armée de gladiateurs qui se tapent le tronc, les cuisses. Mon cœur bat tellement fort que je l'entends résonner comme une calebasse. Je passe devant leur vestiaire quand la porte s'ouvre sur un des leurs dans sa tenue vert et rouge. Je ne peux pas m'empêcher de lui jeter un regard de la tête aux pieds. Il n'est pas plus grand que moi, peut-être même un peu plus maigrichon. Je soupire de soulagement. Il me salue. Je lui réponds à peine, stupéfait de découvrir que l'équipe de Savigny n'est pas composée que de géants. Je ne m'en souvenais pas.

Un grand silence règne dans notre vestiaire. Je passe en tapant les mains de chacun jusqu'à ce que je m'installe entre Amadou et Jérôme.

– Le résultat, je m'en fiche, nous assène Fred, notre entraîneur, le haut du crâne tartiné de gel et la peau constellée d'eczéma, marque irréfutable de son stress. Ce qui compte, c'est la victoire ! On est chez nous, les gars ! Et chez nous, personne ne doit nous voler le ballon.

Fred passe le brassard de capitaine à Amadou.

– Tu sais ce que tu fais ? ose lui demander mon copain. Tu sais que Savigny, c'est une équipe de racistes ?

– Y a pas un seul Blanc dans leur club.

– Ben, justement ! rétorque Amadou.

Fred n'a pas le temps de lui répondre. Quelqu'un frappe à la porte. La tête ronde de mon père, délimitée au-dessus par la coupe de cheveux de ma mère et en dessous par une barbe qu'il taille lui-même, apparaît dans l'encadrement de la porte.

– Ils veulent un autre arbitre !

– Ils ont réfuté ta mère ? Pour quelles raisons, Ahmed ? répond Fred, avec stupeur. Ils se sont aperçus qu'elle porte le même nom que l'un de mes joueurs ?

Si j'étais une tortue, je disparaîtrais sous ma carapace.

Mon père fait la grimace.

– Je n'ai pas bien compris. Mais je ne crois pas. Je pense qu'ils ne veulent pas d'une femme comme arbitre !

– Ils en sont encore là ?

– Faut croire. De toute façon, ils n'auront pas le choix. Ce sera elle et personne d'autre.

Mon père ferme la porte derrière lui.

– Prêts ? demande Fred.

On se met tous en cercle autour du coach, crâne contre crâne, bras dessus, bras dessous comme une mêlée de rugby. On ferme les yeux. On s'imagine soudés les uns aux autres, ne formant qu'un seul corps quand, tout à coup, un cri transperce chacun d'entre nous et nous glace d'effroi.

– En attaque, on passe ! hurle une voix de l'autre côté du couloir dans le vestiaire de l'équipe de Savigny.

Toutes les paires d'yeux se regardent dans l'obscurité de nos corps repliés en parapluie autour de Fred.

– En défense, on tue ! lui répondent tous les autres, se déchirant les cordes vocales, dans des barrissements d'éléphants prêts à marcher sur une armée de souris.

– Les amis, dit soudain Amadou, brisant le charme qui nous électrise, nous saurons leur répondre, mais pas ici à tenter de hurler plus fort qu'eux, c'est sur le terrain que nous rendrons la monnaie de leur pièce. J'ai confiance en nous !

Amadou tape la main de Fred et pousse la porte du vestiaire. L'un après l'autre, nous l'imitons, déboulant dans le couloir sans un regard pour le vestiaire de nos adversaires.

Dehors, j'aime entendre le bruit de nos crampons quitter le béton et crisser dans les graviers. Le football commence par la musique de nos pas battant la mesure, exécutant une même partition dans un mouvement répétitif que le passage sur l'herbe interrompt progressivement. Sur le terrain de mini-foot qui jouxte le stade, j'aperçois Yasmine qui lève les mains en l'air à chaque action. L'enthousiasme de ma petite sœur me remplit de joie.

Puis un soleil fluorescent se dégage de la masse des nuages. Sa lumière fige le paysage, accentuant les contrastes et soulignant d'un trait noir chacun de ses éléments. La haie qui délimite le stade, l'alignement de peupliers, le toit des vestiaires, les cages des gardiens, la banderole de notre sponsor, l'usine de lait concentré, et même nous sur la pelouse, nos silhouettes de petits bonshommes bordées de plomb, exactement comme sur les vitraux des églises.

– Sale traître, vendu, me glisse l'ailier droit de Savigny en me taclant sévèrement, à la limite du crochet.

Grand-mère ne siffle pas. Je perds le ballon tout près du point de corner. Nos adversaires remontent le terrain. Je tente de les rattraper, mais j'ai les jambes si lourdes que mes pieds s'enfoncent dans la terre à chaque foulée. Je les arrache dans la douleur, au prix d'un effort surhumain. Tous mes coéquipiers me semblent atteints du même handicap alors que ceux de Savigny volent au-dessus de la pelouse et sautent. Leur numéro 10 marque d'un coup de tête en pleine lucarne après cinq minutes de jeu. Je ne nous reconnais pas. Amadou fait tout ce qu'il peut pour nous encourager. Notre public aussi tape des mains, des pieds contre les gradins. Rien n'y fait. Dès que le ballon atterrit, par la faute de nos adversaires, dans nos pieds, nous sommes incapables de le garder, comme empêtrés dans de la glu. Grand-mère siffle un deuxième but pour Savigny. Une roulette de l'ailier droit suivie d'une reprise de volée et un ballon qui passe sous la barre de notre gardien. Nos adversaires se congratulent et s'entassent de bonheur les uns sur les autres. Puis l'ailier droit de Savigny se dégage, pointant ses doigts en V de la victoire. Je détourne le regard. Je préfère ne pas voir cette fanfaronnade quand j'aperçois son maillot devant moi. Il a traversé la moitié du terrain pour me lancer dans l'oreille avec arrogance :

– T'as la gueule de l'Arabe, mais t'es qu'un vendu, un fils de pute, un fils de traître, une tête de traître, un rien du tout ! Des types comme toi, on n'a qu'une envie : leur faire la peau.

Je reste sans voix. Je ne sais pas pourquoi je ne me jette pas sur lui. J'ignore pourquoi je n'essaie pas de lui arracher l'air suffisant que son visage affiche. Je laisse le type et son numéro 7 s'éloigner. Amadou m'adresse un clin d'œil. Remise en jeu. Je croise le regard inquiet de maman assise sur le banc à côté de Fred, la main posée sur sa mallette de soigneur. Je prends une grande inspiration et je fonce sur le ballon. Je m'extirpe de ce bourbier qui nous asphyxie depuis le début de la partie. Je me surpasse, je n'écoute ni mes jambes ni mes muscles. Je reste le plus longtemps possible au-dessus du gazon et je dribble les gars de Savigny comme s'ils étaient une armée de playmobil en plastique. Je grogne. Je m'étonne de ce bruit qui enfle dans ma poitrine. Ma rage brûle la pelouse. Petit pont. Je cloue sur place l'ailier droit. Je tends mon pied et Amadou récupère le ballon pour le planter dans le coin droit. But ! BUT ! Grand-mère confirme au sifflet. Je grimpe sur Amadou et tous nos coéquipiers troquent le foot contre l'escalade. Notre capitaine nous glisse de rester concentrés. Il craint les représailles des joueurs de Savigny. Avant que je retrouve ma place d'arrière, Amadou murmure dans mon cou :

– Sacha, ta passe était super. Mais n'oublie pas, nous sommes une équipe. Là, tu l'as un peu trop joué perso. On va gagner, mais avec la manière. Compris ?

Je hoche la tête.

– Tu sais bien que ce n'est pas vraiment mon genre de partir comme ça.

Je reprends position. Je n'ai pas vu le numéro 7 de Savigny se planter dans mon dos.

– Tu recommences un truc comme ça, t'es mort, pourriture !

L'air se bloque quelque part dans ma gorge. Je m'étouffe. Je tousse et sens une douleur derrière le genou, puis sur les mollets. Le type est déjà parti quand je me retourne. Personne ne l'a vu. Il a cogné son genou contre le mien et s'est essuyé les crampons sur mes mollets. Je saigne. Je remonte mes bas pour cacher ma blessure. Je chancelle un instant puis je me reprends aussitôt en constatant que notre équipe leur a volé le ballon et s'élance vers leur cage. À proximité du rond central, le ballon arrive dans mes pieds. Je me dédouble. Je suis le ballon et je reste en même temps à l'arrière. Je me vois tirer un boulet de canon sans me soucier de mes coéquipiers. Je ne me reconnais pas. Le ballon rentre miraculeusement malgré un premier arrêt du gardien qui manque de confiance et le relâche derrière la ligne. Les gradins exultent. Grand-mère siffle deux fois.

Fin de la première mi-temps. Notre équipe mène. Mes coéquipiers ne sont pas rancuniers et me félicitent les uns après les autres. Je leur souris, mais j'ai la tête qui tourne. Nous sortons du terrain les premiers. Mes genoux, mes mollets brûlent. Je file aux toilettes. Erreur fatale. Quand je me retourne vers la porte, l'ailier droit de Savigny me toise. Il fait au moins une tête de plus que moi. Un autre joueur, je reconnais le gardien sous sa capuche, se tient derrière lui et bloque la porte.

– Je crois que t'as pas bien compris, siffle le numéro 7 qui me soulève du sol en m'attrapant sous les aisselles.

Mes lèvres s'assèchent instantanément. Mes neurones suspendent toute activité.

– Tu ne vas pas me dire que tu ne comprends pas ?

Ses yeux noirs me jettent des éclairs, son mépris, sa colère. Je secoue la tête. Si je le pouvais, j'irais m'aplatir sous un meuble. Je suis pris au piège. J'entends mes coéquipiers dans les vestiaires. Je pourrais les appeler à l'aide. Mais, pour une raison que je ne m'explique pas, je reste muet devant ce type qui a décidé de me faire la peau. Dans quelques minutes, je serai mort. Je n'exagère pas. Tout mon être sent la fin approcher. La haine que je lis dans le regard du type m'achève sans qu'il ait besoin de poser la main sur moi.

– Dans ta famille, on est traître de père en fils. Nous, à Savigny, on dit qu'à un moment ou à un autre, il faut que quelqu'un ait le courage de vous corriger.

Ce qui se passe exactement ensuite, je ne m'en souviens pas. Amadou déboule et me trouve, par terre, inconscient, le crâne contre la cuvette des toilettes. Je reprends connaissance dans les bras de mon père au moment où les pompiers garent leur fourgon devant le stade et foncent vers les vestiaires. J'entends leurs bottes marteler le sol. Le reste se fond dans un fouillis de bruits. Je ne distingue même pas les paroles de papa. La sirène m'emporte loin de la pelouse, de l'autre côté du pont. Je veux mourir à cet instant-là, rejoindre un monde d'ouate et de douceur. Je n'ai pas le goût de la bagarre. Je n'ai jamais joué ni aux petits soldats ni à la guerre. Sur le terrain, je ne suis pas arrière par hasard. Si je vais au combat, je le fais pour protéger un ballon, un gardien, une équipe. L'attaque est chez moi contre-nature, une violence que je me fais à moi-même. Je me trouve inconsistant et lâche.

Qu'est-ce qui fait que je n'ai pas tenté de résister au numéro 7 de Savigny ?

À l'hôpital, je passe des examens. Les médecins veulent que je reste. Je ne dis rien, je ne raconte rien, je ne parle pas du trou noir qui s'élargit sous mon crâne. Maman retient ses larmes, m'embrasse du bout des lèvres pour ne pas aiguiser la douleur même endormie par les médicaments sous ma peau, dans mes mâchoires. Papa reste avec moi. Le soir, quand l'hôpital s'assoupit, que les infirmières m'ont souhaité « bonne nuit » alors que je ne les regarde pas, j'entends la voix de papa bafouiller à côté de moi :

– Je voudrais te parler de…

Tous mes muscles se contractent.

– Du match ? Je ne préfère pas, je réussis à articuler malgré l'étrange sensation que j'éprouve en tentant de parler, comme si mes dents étaient toutes cassées, en morceaux dans ma bouche.

– Il faudra le rejouer.

Je dirige mes yeux vers papa pour qu'il lise clairement la question que je voudrais lui poser. Il fronce les sourcils puis secoue la tête.

– Les gendarmes vont faire une enquête. Ils viendront t'interroger demain.

Je baisse les paupières un instant. Je ne suis pas certain de vouloir répondre aux questions des gendarmes. Je me méfie de ce que pourrait m'infliger encore l'ailier droit de Savigny. Je préfère renoncer au football que devoir m'exposer de nouveau aux insultes et aux coups du numéro 7. Je voudrais partir, me laisser entraîner par les vents, accroché aux ailes d'un cerf-volant, retourner vers les montagnes pelées, la terre aride, le soleil sec, le ciel immense. Je n'ai jamais pensé à l'Algérie comme à cet instant sur ce lit d'hôpital qui pourrait se transformer en tapis volant si je savais m'y prendre. Jusqu'à présent, le pays de ma naissance ne m'a jamais manqué. J'y ai vécu bien moins longtemps qu'en France. Qu'est-ce qui remue en moi ?

– Tes agresseurs ont écrit « Traître » sur ton front. Tu sais pourquoi ?

Je tressaille, plisse les yeux. Ma tête en ébullition tombe sur le côté. J'ignore pourquoi le numéro 7 de l'équipe de Savigny a écrit ce mot sur mon front. Je n'ai jamais trahi personne. Mon père décroise les jambes, redresse son corps, ses épaules, prend une profonde inspiration. Il tient son menton entre l'index et le pouce. Il réfléchit. Je connais ce regard qui l'anime lorsqu'il ajuste les pièces d'un puzzle invisible. Avant d'habiter en France, mon père était policier et pas chauffeur de taxi comme aujourd'hui. « Quand tu as fait ce genre de métier, m'a-t-il affirmé un jour, il ne te quitte pas. Tu l'as en toi comme une seconde peau. »

De l'autre côté de la baie vitrée, je ne vois que le haut du ciel qui s'obscurcit lentement, passant du pourpre au bleu profond, et qui s'incruste de filaments brillants.

– Voilà, je vais te raconter une histoire.

Je n'ai pas trop envie de l'entendre.

J'aimerais juste dormir à la belle étoile, le nez tourné vers les massifs, sur la terrasse qui surplombait notre maison en Algérie, enroulé dans plusieurs épaisseurs de couvertures rayées en laine et poil de chèvre qui me protégeaient de la fraîcheur des nuits.

– Il y a six ans, quand nous avons quitté Tizi Ouzou et que je vous ai mis, ta mère, Alice, Yasmine et toi, dans le bateau pour Marseille. Est-ce que tu sais pourquoi ?

J'ai mes hypothèses, mais je ne réagis pas. Je n'ai pas le choix. Je ne l'ai pas encore. Je suis obligé d'écouter son récit, mais je refuse d'y participer.

– Tu as déjà entendu parler d'Al-Quaïda ?

J'ai lâché les étoiles pour les mains qu'a croisées papa sur ses genoux. Mon cou craque douloureusement. Ma tête ne tient pas. J'ai l'impression qu'elle va glisser, se déboîter. Le moindre mouvement me coûte. Même lever les yeux sur le visage de mon père.

– Tizi Ouzou fait partie de ce que l'on appelle, en Algérie, le triangle de la mort parce que différents groupes terroristes liés à Al-Qaïda y font régner la terreur. À l'époque, il n'y avait pas un jour sans attentat dans ce coin du pays. Des bombes, des faux barrages. Je ne crois pas que cela ait beaucoup changé. Quand tu es policier à Tizi Ouzou, tu sais que tu es dans leur ligne de mire, que le prochain dans la liste des victimes, ce sera peut-être toi, surtout quand tu diriges, comme moi, une unité antiterroriste.

Les cils de mon père ont tremblé. Il pose son regard sur moi. Je l'imaginais enquêtant sur des cambriolages, des braquages, des délits et des crimes ordinaires.

– J'ai toujours reçu des menaces. Elles ne m'impressionnaient pas. Je vivais avec. Mais après la naissance de Yasmine, en 2007, les choses ont changé. Un jour, avec quatre hommes de mon unité, nous sommes tombés dans un traquenard. Nous avons été attaqués par un groupe de terroristes à coups de kalachnikov, un fusil d'assaut, une arme de guerre en fait. Aucun de mes collègues n'a survécu. L'un d'eux en tombant sur moi m'a sauvé la vie, mais j'ai été gravement blessé. J'ai été hospitalisé trois mois. Quand je suis sorti, je pense que j'avais déjà pris ma décision.

– Partir ? je prononce difficilement.

Mon père nous sert un verre d'eau à tous les deux. Il glisse une paille entre mes lèvres. Je ne réussis pas à me redresser mais je garde les yeux ouverts le plus largement possible pour ne rien manquer de l'histoire de papa.

– Nous avons quitté l'Algérie pour la France parce que c'est mon pays aussi. Je suis né pas très loin de Paris. À Clichy.

– Pourquoi ?

– Pourquoi ? s'étonne mon père.

Il a un mouvement d'impatience, puis réalise qu'il s'est trompé sur le sens de ma question.

– Pourquoi j'étais policier en Algérie si je suis né en France ?

Je hoche la tête.

– À dix-huit ans, je faisais n'importe quoi. Je me cherchais. Je reprochais à mon père d'avoir quitté son pays, de…

Il hésite. Il se racle la gorge.

– Je ne me sentais pas français. Pour moi, c'était clair, j'étais algérien. J'ai tout plaqué. Je suis parti en Algérie. Un cousin m'a accueilli. Je reprochais à mon père d'avoir… Comment dire ?

Il toussote.

– D'avoir trahi son pays.

Mon père se rassoit au bord du siège, plonge sa tête dans ses mains. Ses doigts frottent son crâne. Ses yeux balayent le carrelage puis reviennent vers moi.

– À moi, personne n'a jamais fait de reproches.

Sous le drap, je remonte mes doigts, ils se tendent vers mon père. Sa main les attrape et les enserre avec douceur.

– Des reproches ?

– C'était une décision impossible à prendre pour moi de quitter mon unité, de laisser Tizi Ouzou. J'ai eu l'impression de…

Papa embrasse ma main. Il tremble. Des larmes brillent dans ses yeux. Je me mords les lèvres. Il lâche mes doigts en se levant. Il se dirige vers la baie vitrée. Je le suis des yeux avec le plus de légèreté possible, comme on marche sur la pointe des pieds.

– Ce que je vais te dire, je ne l'ai jamais raconté.

Mon regard s'élargit.

– Je n'en ai jamais parlé, même pas à ta mère, murmure mon père, les yeux tournés vers le quart de lune escorté d'étoiles et de satellites. À ma sortie de l'hôpital, un commando de quatre terroristes est venu chez nous. Ils vous ont pris tous les trois, Yasmine qui n'était qu'un bébé, Alice et toi. Ils ont menacé de s'en prendre à vous si je ne renonçais pas à mon poste.

Ils m'ont donné une heure pour faire nos valises. Quand ils sont revenus avec vous, j'avais tout réglé. Nous sommes montés dans le prochain avion pour Paris.

Je réunis toutes mes forces dans un même élan.

– Tu n'avais pas le choix, papa.

Mon père se tourne vers moi. Les larmes ruissellent sur son visage.

– Je ne regrette rien évidemment, mais je ne peux pas m'empêcher d'avoir le sentiment d'avoir trahi mes collègues policiers.

Mon père se retourne et sort de la chambre. Quand la porte s'ouvre à nouveau quelques minutes plus tard, je me prépare à lui dire les mots que j'ai assemblés dans ma tête en son absence. Mais ce n'est pas sa silhouette qui apparaît derrière la porte, mais celle de mon grand-père Abdul. Il me sourit, comme il en a l'habitude, en rehaussant ses sourcils d'une manière comique. Je voudrais éclater de rire, mais même mes zygomatiques me font souffrir. Mon grand-père s'assied au bout de mon lit. Il fouille sous les draps et attrape un de mes pieds. Ses grosses mains rugueuses de menuisier massent mes orteils, la voûte plantaire, les talons. Depuis que je suis tout petit, Abdul m'a toujours bercé de cette manière. Sans un mot, sans un chant, mais en malaxant mes pieds.

– Tu as déjà entendu parler de la guerre d'Algérie ? me demande-t-il abruptement, de sa voix rocailleuse.

Ses gros doigts pétrissent ma cheville. La surprise me saisit. Je n'ai jamais autant entendu parler de mon pays d'origine. Je hoche la tête.

– Une sale époque et, en même temps, si tout était à refaire, je recommencerais exactement la même chose. En 1960, j'ai rencontré ta grand-mère, Françoise. Elle est venue à la mairie où je travaillais. Tous les deux, on a eu le coup de foudre l'un pour l'autre. Mais on a su immédiatement aussi que notre histoire, c'était Roméo et Juliette à Alger. Une histoire d'amour impossible sur une terre en guerre. Je ne sais pas si tu peux t'imaginer. Moi, j'étais un Nord-Africain et elle, c'était une fille de colons.

Je cligne des yeux.

– Mais on a eu de la chance, finalement. On a survécu à cette époque. On s'est accrochés l'un à l'autre et on a tenu bon jusqu'à aujourd'hui. Au tout départ, je ne me posais pas trop de questions. Je parlais bien français. J'ai servi d'interprète à l'armée française. C'est là que j'ai réalisé que je devais choisir mon camp.

– La France, je devine.

Mon grand-père lâche mon pied et se gratte le menton.

– Ben non, l'Algérie.

Abdul reprend son geste : il malaxe ma cheville, mon talon, mes orteils. Je plisse les yeux, me concentre. Je ne comprends pas tout.

– En 1961, toute la famille de Françoise est rentrée en France en région parisienne. Juste avant l'indépendance. Ça a été un déchirement. Nous avons été séparés pendant deux ans. Et puis, j'ai fini par quitter mon pays. Ma famille n'a pas accepté mon choix. Ils auraient voulu que j'épouse une fille de là-bas. Pour eux, je ne valais pas mieux qu'un harki. Tu sais ce que c'est, un harki ?

J'ai levé ma main, agité mon poignet, couci-couça.

– Les harkis sont les Algériens qui ont choisi la France au moment de la guerre d'indépendance. Ce n'était pas du tout mon cas. Je me suis exilé par amour. Je n'avais aucune autre raison de traverser la Méditerranée. Mais mes parents ne pouvaient pas l'entendre.

– Arrête !

Abdul me chatouille en passant son pouce sur la plante de mon pied.

– Tu crains ?

Il sourit et déplace ses doigts sur le côté.

– J'ai un copain harki. Il m'a raconté qu'en 1962, il s'est retrouvé en Auvergne, dans un camp réservé aux harkis, un endroit entouré de barbelés, cachés, loin des villages et des villes, ils étaient parqués comme des animaux. Moi j'ai pas connu ça. Françoise est venue me chercher et on s'est mariés très vite, ce qui n'a pas plu à sa famille. Pendant des années, ils n'ont pas voulu me rencontrer, à l'exception de sa grand-mère, une femme incroyable. C'est dommage que tu ne l'aies pas connue. Elle nous a beaucoup aidés.

Abdul interrompt son massage quelques secondes et me regarde droit dans les yeux.

– Tu vois, mon grand, cette histoire, même ton père ne la connaît pas.

– Ça l'intéresserait…

Il garde le silence, absorbé par ses pensées. Puis il reprend :

– Je n'ai jamais remis les pieds en Algérie, même quand vous y habitiez. Ton père ne me l'a jamais reproché, mais il a dû m'en vouloir. Je n'ai pas été très courageux.

Il pose la main sur son cœur. Ses longs cils courbes battent l'air, prêts à décoller.

– Pourtant, l'Algérie ne me quitte pas. Parfois, je rêve des montagnes de Djurdjura, de leurs neiges, de leurs sources, de leur lumière et de ma famille évidemment.

Abdul change de pied, commence par le mollet, descend sur la cheville. Mes paupières pèsent sur mes pupilles. J'ai les yeux mi-clos. Je suis au bord du sommeil.

– Pour les Algériens, les harkis sont des traîtres. Quand j'ai vu ce mot « traître » inscrit sur ton front, j'ai eu envie de pleurer.

Un bout de soleil apparaît au-dessous du store tiré à moitié sur la baie vitrée. Je me réveille sans me souvenir ni de la nuit ni de mes rêves. J'entends chuchoter quelque part dans la pièce. Je tourne la tête doucement. Mon corps semble avoir retrouvé une certaine souplesse. Un homme en uniforme bleu est penché au-dessus de moi, juste à côté de l'infirmière qui me dit que j'ai dormi des heures, comme si j'avais voulu rattraper un paquet de nuits sans sommeil. Je réprime un sourire en coin. Je cherche ma famille autour de moi. L'infirmière me raconte qu'ils sont tous passés, les uns derrière les autres, avant le travail, l'école, et à midi même, mon père, ma mère, mes sœurs, mon grand-père, ma grand-mère. Ils ont chacun déposé un cadeau sur la table de chevet. Mais je ne regarde pas : le gendarme ne me quitte pas des yeux. Je crains d'être coupable de quelque chose que j'ignore. Il se présente. Je retiens qu'il est adjudant et qu'il se prénomme Michel. Un instant, je me demande si je dois le saluer comme à l'armée. Puis je ris intérieurement, m'imaginant en train de me planter au garde-à-vous devant lui, en pyjama sur mon lit d'hôpital. Il me demande s'il peut s'asseoir sur le fauteuil, juste à côté de moi. Je remonte le drap et je hoche la tête.

– Tu as déjà entendu parler du jujitsu ?

Mon père, mon grand-père et maintenant ce gendarme. Je me demande quel genre de récit cet homme est venu me faire. Va-t-il à son tour me raconter un nouveau chapitre de l'histoire de ma famille ?

– Jamais entendu parler, je prononce à voix basse, étonné d'avoir retrouvé le véritable son de ma voix. Est-ce que cela ressemble au judo ?

Il agite la main.

– Un petit peu. En fait, le jujitsu rassemble des techniques pour pouvoir se défendre quand on est attaqué et désarmé.

Je rougis. Je vois où le gendarme veut en venir.

– Moi, c'est plutôt le foot. C'est ma passion et ça me prend tout mon temps.

– Moi aussi, fait l'adjudant Michel. Enfin, surtout devant la télé avec une bonne bière et des cacahouètes.

Il rit. Moi aussi, mais mes muscles tirent encore et mes lèvres se crispent.

– Désolé, fait le gendarme. De toute façon, je ne suis pas là pour faire de la publicité pour mon club. Je viens te parler de celui qui t'a réglé ton compte.

Je secoue la tête.

– Je ne parlerai pas. Je ne suis pas un mouchard.

– Inutile, dit l'adjudant. Il m'a tout raconté. Mounir voudrait s'excuser auprès de toi.

Mon front se froisse instantanément. Je n'ai pas vraiment envie de revoir la tête du numéro 7.

– Pas question.

– Comme tu voudras.

Mon cœur recommence à s'agiter. Je serre les dents. Je croise les bras sur ma poitrine. Un courant électrique me parcourt de la tête aux pieds. Je me sens très énervé tout à coup. Je marmonne :

– Il a failli me tuer.

– Le juge va sûrement le placer dans une famille d'accueil. Enfin, dès qu'il sera sur pied.

– Qu'est-ce qu'il lui est arrivé ? je murmure avec inquiétude.

– Quand il a vu notre fourgon se garer tout près du stade, il a voulu s'enfuir. Il s'est fait renverser par une voiture. Des témoins racontent même qu'il s'est jeté sous les roues.

Mes yeux s'écarquillent de stupeur.

– C'est grave ?

– Il a eu de la chance.

– Alors, il est ici dans cet hôpital ?

L'adjudant Michel hoche la tête.

– À l'autre bout du couloir.

– Il vous a dit pourquoi il m'a fait ça ?

– En gros, il est jaloux de toi.

En meilleur état, j'aurais fait un bond sur mon lit.

– De moi ?

Je jette un coup d'œil à mon reflet sur le téléviseur qui surplombe la chambre. De la tête aux pieds, je ne distingue qu'un gringalet.

– Apparemment, d'après ce que j'ai compris, vos deux équipes s'étaient déjà rencontrées lors d'un match amical. Tu étais le seul joueur de l'équipe de Saint-Laurent dont toute la famille avait fait le déplacement. Il t'avait repéré, toi, tes sœurs, tes parents, tes grands-parents, toute ta famille de footballeurs.

Le gendarme se déplace vers la fenêtre.

– Je peux ouvrir un peu ? Qu'est-ce qu'il fait chaud ici !

J'acquiesce du regard. Je me demande pourquoi le numéro 7 de Savigny nous a remarqués. Je ne nous connais aucun signe particulier.

– Lui, Mounir, reprend l'adjudant Michel, il n'a pas de famille. Son père les a quittés, lui et sa mère, il y a trois ans. Il a disparu du jour au lendemain. La mère de Mounir pense qu'il est reparti vivre en Algérie. Depuis, sa mère s'est remise avec quelqu'un, un homme que Mounir déteste.

– Je ne vois pas le rapport avec moi.

– La nuit dernière, Mounir l'a passée dehors parce que son beau-père n'a pas voulu qu'il rentre. Son entraîneur l'a trouvé dimanche matin endormi dans les vestiaires de leur club. Mounir s'est défoulé sur toi. Voilà toute l'histoire. Tout ça n'excuse pas son comportement à ton égard.

– Et pourquoi a-t-il écrit le mot « traître » sur mon front et sur mon ventre ?

– Tu peux peut-être t'en douter.

Je reste interdit. Je ne comprends pas.

– Pour Mounir, traître, c'est la pire des insultes. Le traître, c'est celui qui abandonne. C'est son père qui l'a laissé.

Je serre les lèvres, dubitatif.

– Il vous l'a dit ?

– Pas exactement comme ça.

Le gendarme sourit.

– Bon, d'accord, j'interprète ! Si ça se trouve, j'ai tout faux ! Je ne suis pas psychologue.

Il se lève et se dirige vers la porte.

– Vaudrait mieux que tu lui poses la question, ajoute-t-il en se retournant vers moi. Enfin, si tu acceptes de le rencontrer, maintenant que vous êtes voisins. Prends le temps d'y réfléchir.

Le gendarme ferme la porte derrière lui. Je tourne la tête vers l'oiseau qui vient de se poser sur le rebord de la fenêtre. Une mésange. J'entends la porte s'ouvrir à nouveau.

– Excuse-moi, fait l'adjudant Michel.

Dans la petite chambre de l'hôpital, il a l'air d'un géant avec ses bottes de motard.

– Je voulais juste te dire : la violence, c'est toujours un aveu de faiblesse.

Puis la porte claque dans un courant d'air. La mésange s'est envolée. Je prends les cadeaux sur la table de chevet. Yasmine a dessiné notre famille de footballeurs. Je suis au milieu en train de marquer un but. Je trouve le baladeur d'Alice qui me demande d'écouter les morceaux de clarinette (je ris), le dictionnaire franco-arabe de mon grand-père avec son nom inscrit à l'intérieur, la carte de policier de mon père, la crème magique anti-hématomes de ma mère et une boîte remplie d'oreillettes à la fleur d'oranger, mes beignets préférés. La spécialité de ma grand-mère. Une vague de chaleur m'enveloppe de haut en bas. Une infirmière entre.

– Est-ce que je peux me lever ?

Elle m'escorte dans le couloir désert à l'heure de la sieste. Je jette un œil tout au bout, à la dernière porte de couleur verte. De là où je suis, je ne sais pas si elle est entrouverte.

Les petits voisins de Lulu

Lulu et moi, nous avons une relation particulière, quelque chose de très spécial. Je ne trouve aucun mot à lui coller dessus. Il y a soixante-dix ans entre nous et je sais bien ce que les autres peuvent s'imaginer, que je la prends pour ma grand-mère. Ils se trompent. Lulu et moi, nous avons chacune tout ce qu'il nous faut, une mère, des frères pour moi et toute une descendance pour elle. Moquez-vous, si vous préférez ne pas chercher à comprendre, mais quand nous sommes ensemble, nous sommes deux êtres humains, deux femmes sans âge, même moi qui n'ai pas quinze ans, ni jeunes ni vieilles, deux personnes qui ne se jugent pas, qui ne se jaugent pas. Nous nous écoutons et nous entendons dans les mots de l'autre un écho de notre propre voix.

J'enclenche la caméra que m'a prêtée Fanny avec un tas de précautions à respecter. Son père y grave tous leurs souvenirs de vacances, de voyages, enfin les vacances et les voyages se confondent chez Fanny qui ne voit aucune distinction entre les deux.

Je filme d'abord Lulu de loin. Je la rejoins sur notre banc au bout du quai, entre l'hôpital désaffecté, une vieille bâtisse bourgeoise investie par les ronces et les roses trémières, et les petites maisons bariolées vendues les unes après les autres par les pêcheurs fauchés à des citadins plus chanceux qu'eux.

Lulu s'est légèrement pomponnée. Elle a enlevé son tablier fleuri et a coincé au-dessus des oreilles des pinces à cheveux sur sa permanente blanche.

Cela doit faire un an que Lulu et moi, nous nous retrouvons sur ce banc en bordure du bourg que nous habitons l'une et l'autre. Lulu vit juste derrière dans une maison minuscule qui lui va comme un gant. Je suppose qu'elle n'a jamais eu beaucoup d'argent dans son existence. De toute manière, elle n'est pas du genre que les objets rassurent. Elle a peu de besoins et les choses qu'elle n'utilise pas doivent servir à d'autres, aux jeunes surtout qui n'en ont jamais assez, c'est ce qu'elle dit, que la vie sans la jeunesse est un matin sans rosée.

Le jour où nous nous sommes rencontrées, Lulu et moi, j'errais au hasard après le collège, frottant mes semelles contre le macadam. J'étais malheureuse. En fait, ce n'est pas moi qui ai utilisé ce mot. Je n'avais aucun vocabulaire à répandre sur ma plaie. Je m'étais mise en boule sur le banc, enroulée autour d'idées lugubres, quand j'ai entendu sa voix à côté de moi.

– Qu'est-ce qui te rend si malheureuse ?

Je me croyais seule au monde, à l'abri sous le châtaignier qui étend le bout de ses branches au-dessus du banc. Je n'avais pas osé lever la tête vers elle. Elle n'avait pas insisté. Son silence m'avait intriguée. J'avais déplié ma nuque et extirpé mon nez de la moiteur de mon corps recroquevillé. J'avais vu une grosse doudoune noire et, juste au-dessus, une tignasse blanche ébouriffée et le visage parcheminé et lumineux d'une femme âgée. J'avais tout de suite été frappée par cette sensation que j'éprouvais en la regardant, comme si je faisais face à un horizon dégagé, accumulant des strates de ciel bleu, éclairé tantôt par les remous du fleuve, tantôt par les pâturages fluorescents ou l'écume des arbres. On n'avait pas parlé, juste accepté d'être l'une à côté de l'autre.

– Je suis Lucienne, la Bressanne, dite « Lulu ».

Elle commence. La lumière rouge clignote sur l'écran de la caméra.

– Mon pays est ici, à deux pas, dans la campagne vallonnée qui élève les poulets dans les prés. Mes petits voisins m'appellent le plus souvent « mémé ». Je suis la grand-mère adoptée, la mémé d'à côté.

Lulu fait des pauses entre les phrases, souffle à peine et reprend de sa voix douce, accentuée sur certaines syllabes, comme tatouée par cette façon de parler si caractéristique des gens d'ici. Je n'y aurais jamais prêté attention si ma prof de français ne m'avait pas moi-même reprise plusieurs fois, m'invitant à me débarrasser de mes tics de langage, de mes accents qu'elle juge affreux, boueux. Lulu et moi, on a les mêmes. Ils me frappent à présent. Ils gênent mon écoute, accrochent mon attention. Je lutte pour conserver ma concentration sur Lulu qui ne regarde pas l'objectif. Elle fixe les vaguelettes, les tourbillons qui entraînent vers le sud des branches d'arbres, des cygnes, des mousses douteuses qui s'agglutinent et forment par endroits des paquets blanchâtres suspects.

– Il n'y a rien d'officiel entre nous, mes petits voisins, comme je les désigne parce que je suis bien plus âgée qu'eux, et moi. Pas le moindre bout de papier, aucun engagement écrit paraphé devant notaire. Ce qui nous lie est invisible à l'œil nu. Ce qui nous tient laisse des traces dans nos cœurs. Je serais d'ailleurs bien incapable d'expliquer à quoi tiennent ces liens entre nous. À la terre d'ici, noire et fertile, pleine d'alluvions ? Au pont qui enjambe la Saône ? À un sourire ? À cette détresse que nous laissons parfois affleurer d'un mot, d'un geste, mais qu'ils camouflent, eux, à la perfection ?

Lulu se penche vers moi sans un regard, juste son crâne, son corps qui se rapprochent de mon cou.

– Tu me croiras ou pas, la première fois, il y a vingt ans, je n'ai pas vraiment réalisé que mes petits voisins venaient de loin, d'Asie. Pour moi, ils avaient quitté un bloc de HLM à deux rues d'ici et ils s'installaient dans une petite maison à deux portes de la mienne, parallèle au fleuve, juste derrière la première ligne des habitations en bord de rivière. Je me fiche éperdument qu'ils soient du Cambodge, du Laos ou d'ailleurs. L'exotisme ne me fait pas rêver. Ces vacances que se payent les gens aujourd'hui, à quelques heures d'avion ne me tentent pas. Les pays qui défilent, les billets à bas prix, je n'ai pas connu ça.

Lulu me bluffe. Elle monologue, joue le jeu, respecte la règle que je lui ai imposée. Elle dit les choses telles qu'elles sont devant moi. Au départ, l'idée d'un film est venue d'elle. Elle m'a dit : « Je vais te raconter mon voyage, si cela peut t'inspirer. » Elle aurait pu sourire, prendre à la légère mon devoir de français, quelques lignes sur une feuille petit format à grands carreaux, quelle importance ! Elle m'a demandé de lui relire l'énoncé, l'œil sévère brusquement, le menton plissé en jupe écossaise. J'ai recommencé. J'ai ajouté que je m'étais sentie mal dans la classe parce que tous avaient de quoi faire, du grain à moudre comme elle dit, quelques week-ends, des excursions, de la famille venue d'ailleurs, des ancêtres italiens, portugais, polonais. « Récit de voyage », a lâché la prof. Je n'ai jamais quitté notre coin, un quasi-village autour de la place de l'église et celle de la mairie, quelques rues, trois blocs HLM, les commerces essentiels, boulangerie boucherie tabac presse épicerie, le pont et la ville tout au bout, une ville dont personne ne parle jamais, pointée en queue de peloton au classement national. Je m'y sens en laisse subitement. Le samedi, je traverse le pont qui enjambe le fleuve comme on écarte les jambes pour uriner, nous les filles, les pieds les plus éloignés possible l'un de l'autre. Je remonte de l'autre côté, au-delà du rond-point, la rue de la barre et tous ses magasins franchisés qu'on retrouve dans la plupart des villes d'après ma copine Fanny. Je n'ai jamais été au-delà parce que je n'y ai jamais pensé, parce que je n'ai jamais imaginé que maman pouvait me payer un petit bout d'ailleurs. Est-ce que cela fait de moi une demeurée ? En primaire, l'école est partie loin en voyage, dans une ville munie d'un périphérique, dans laquelle les cars n'entrent pas et s'immobilisent sur de vastes parkings conçus pour eux juste à côté de « gares multimodales » où se croisent des trains, des bus, des trams et des métros qui irriguent le centre comme l'a raconté Ludovic lors de son exposé. Mais je n'étais pas du voyage. Une varicelle carabinée m'avait transformée en pestiférée. Je promets que je n'avais pas fait exprès. Mais si c'était à refaire, j'ignore comment je m'y prendrais. Je m'arrangerais sans doute pour ne pas avoir à rester.

– Une seule fois, je suis partie en vacances avec mon mari et mes garçons, et encore il en manquait un sur les trois, on l'avait inscrit en colonie. C'était en 1970. On était partis à l'improviste. Cette année-là, on s'était dit qu'on avait le droit nous aussi à des congés. On avait filé, comme ça, vers le sud, pas très loin. On voulait voir la mer, sentir le sable glisser entre nos doigts de pieds, on n'avait rien prévu, on avait laissé le poste d'essence et le café à une connaissance qui avait accepté de nous remplacer vingt-quatre heures sur vingt-quatre, mais pas sept jours sur sept parce qu'on n'était même pas partis sept jours. L'année d'après, tous les commerçants du village et des environs avaient voulu faire comme nous. On avait lancé la mode. Mais, nous, on n'avait pas recommencé et les autres années ensuite, on n'avait plus bougé non plus et cela ne nous tracassait pas plus que ça. Personne n'avait plus accepté de se coltiner le poste d'essence et le café ne serait-ce que trois jours. Trop de travail, de flux tendu le jour, la nuit, cette obligation d'être là. Seuls les garçons avaient continué à partir l'été, en colonie, en camping. Leurs cartes postales, même oblitérées de quelques mots, nous faisaient voyager dans les Alpes, le Midi, le Jura. À leur retour, ils nous ramenaient des marmottes en porte-clés, des sachets de lavande, des saucisses de Morteau. Ils ne nous racontaient pas grand-chose, mais on voyait bien qu'ils avaient grandi.

Elle me regarde droit dans les yeux, les pupilles à moitié camouflées sous ses paupières qui sombrent. À tour de rôle, les trois fils de Lulu, qui habitent tous en face sur l'autre rive, lui rendent visite, les bras chargés de courses ou d'enfants. Ils s'arrangent pour que l'un d'entre eux se pose chez elle chaque jour jamais très longtemps, mais quelques minutes de leurs vies lui suffisent. Le mari de Lulu est mort il y a plusieurs années. Elle l'appelait pépé ou le vieux. Il pêchait quelquefois des poissons-chats et des ablettes, très rarement, des sandres et des truites. J'ai pris sa place sur le banc.

– J'aime les gens avec qui on peut causer et parfois se taire aussi sans se gêner. Mes petits voisins ne sont pas bavards. Ils ne sont pas bruyants non plus. La première fois, je les ai aperçus de ma fenêtre. Le père, une grosse plante verte dans les bras. La mère, ses petits au bout des doigts. J'étais ébahie. Ils avaient déjà réparé, nettoyé, emménagé et je n'avais rien entendu. Je leur ai souhaité la bienvenue, sincèrement parce que je ne suis pas faite autrement, moi qui viens de la campagne, et qu'à mon âge, j'ai quand même plus de quatre-vingt-cinq ans, on ne se refait pas, j'ai l'habitude de saluer les gens. J'ai tout de suite remarqué quelque chose de pas commun au fond de leurs yeux. Certains appelleront cela une distance. D'autres évoqueront une muraille. Mais moi, mémé, je sais ce qu'est la vie. J'ai bossé, j'ai trimé. J'ai grandi, tout près d'ici, dans une ferme où on travaillait tous les jours même le septième quand mes petites copines étaient toutes pimpantes dans leur belle robe du dimanche. Ce jour-là, je croisais les doigts pour qu'elles ne me voient pas quand nous traversions le bourg où nous habitions. Juchée tout en haut de la remorque chargée de paille, je me cachais et je les épiais, je les enviais. Jeune femme, j'ai continué de travailler dur avec mes trois gamins, mon poste à essence et le café. Tu les situes ?

J'écarquille les yeux. Lulu tend le bras vers l'extérieur du village, vers le supermarché et le fast-food qui marquent au loin l'entrée dans la ville de l'autre côté du fleuve. Les dalles de béton et les panneaux publicitaires recouvrent les vestiges de sa vie d'avant, courant du poste d'essence au café, aux enfants. Je cherche ce qui nous réunit sur ce banc. Elle, mémé, Lulu, la peau ivoire, la voix fade et pourtant croustillante exactement comme les gaufrettes à la vanille qu'elle offre à ses visiteurs sur la toile cirée couverte de natures mortes qui habillent la table de sa cuisine. Moi, Marianne, les joues écarlates et le blouson court au-dessus des hanches. Aurai-je ce genre de peau claire qui fripe sur les doigts, le dos des mains, en vagues de chair ? Ou mon épiderme s'écaillera-t-il avec le temps ? J'habite pour le moment un mobile home et un garage aménagé, tout le monde le sait, au fond d'un verger, entre les potagers impeccables des gens qui habitent les grandes maisons du centre trouées en leur cœur de cours carrelées, mais dépourvues de terre et de jardinets. Mes parents n'ont jamais vécu ailleurs qu'ici. Je nous sens les pieds pris dans la glaise, quasiment en cage, depuis que Lulu a commencé son récit, pareils à ces chiens reliés à leur niche par une chaîne si longue qu'ils en oublient qu'elle les attache à un pieu.

À mon âge, ma mère habitait avec sa famille dans une annexe de l'hôpital désaffecté où son père faisait office de gardien. Leur logement n'était pas adapté au nombre de leurs enfants, au moins une demi-douzaine qui piaillaient, s'entassaient, se battaient dans leur chambre unique. Tous, des oncles, des tantes, sont partis sans laisser d'adresse. Seule ma mère s'est à peine éloignée des murs de l'hôpital que personne ne peut plus approcher depuis l'avis de péril affiché sur le portail. Ma mère a croisé mon père à quelques mètres devant le foyer où il a été placé tout minot. Le bâtiment, entouré de murets et de grillages d'où s'échappent des bruits d'enfants invisibles, jouxte le stade. De l'extérieur, personne n'est capable de deviner ce qui s'y passe. Des rumeurs courent parfois que des enfants perturbés font le mur, chapardent dans les jardins des framboises et des fraises sans saccager aucune des rangées de dahlias et de glaïeuls.

L'institution a vraiment esquinté mon père. Ma mère le dit, parfois, quand elle se prend à picoler et à raconter sa drôle de vie. Le maire a cru sauver mon père en l'éloignant de ses parents qui n'ont jamais pu l'éduquer, trop fauchés, décédés de toute manière prématurément.

Mes parents n'avaient pas quinze ans quand je suis née. Mon père s'est aussitôt volatilisé. Je n'ai jamais eu envie de le chercher. Ma mère n'a jamais cru qu'il s'était barré. Pour elle, il est tombé dans le fleuve et il y est resté prisonnier du fond, des herbes mouvantes et des racines. Ma mère le dit, sans que je sois certaine qu'elle soit elle-même convaincue de ce qu'elle raconte. Elle bavarde, délire, invente, se perd dans le flux des mots que le vin fait jaillir sur sa langue. Elle fait les ménages au cabinet médical, grogne contre les gamins qui éparpillent les revues, se plaint de la saleté collée par les vents sur les baies vitrées qu'elle a l'impression de parcourir comme on doit arpenter, j'imagine, une patinoire olympique au début, chancelante, la main accrochée à la rampe, avec le sentiment de ne jamais pouvoir arriver au bout.

Le récit de Lulu réveille des images en moi, me renvoie à ce que je suis, la fille du mobile home. La caravane ancrée dans la terre, embourbée dans une pâture grasse. Je ne me fais pas d'illusion, aucun garçon ne veut sortir avec moi, aucun ne m'a encore embrassée, personne ne m'invite chez soi, aucune fille n'a de secrets à partager avec moi. Je me retiens à Lulu pour ne pas rejoindre mon père.

– J'ai tout de suite compris que mes petits voisins en avaient bavé. Je me suis bien gardée de leur poser la moindre question. Je me suis dit toute cette souffrance tapie au fond des yeux ne les a pas rendus hargneux. J'ai noté, au contraire, l'immense douceur qui émanait de leurs personnes. Depuis vingt ans, leur présence a enrichi mon existence. Les savoir, là, tout près de moi m'apporte une sérénité que je ne connaissais pas. J'ai confiance en eux. La sympathie est née toute seule, au fil du temps, de petits riens. Les choses se sont faites simplement entre nous. Je suis devenue Lulu, la mémé, leur mémé. Je ne remplace pas toutes celles qui ne sont pas là. Mais comment grandir ou vieillir sans les aînés ?

Je suis sur le point d'interrompre Lulu qui me fait rêvasser et perdre mon temps. La question s'est fichée dans mon cerveau et tourne en boucle. Comment Lulu pourrait-elle me raconter un récit de voyage, elle qui n'est jamais vraiment partie à l'exception de ses cinq jours en bord de mer, elle qui n'a, en quatre-vingt-cinq ans, jamais franchi la moindre frontière ?

– Quand ils étaient encore enfants, leurs trois petits venaient goûter chez moi après l'école. Je me souviens encore de leur dernier, accroupi au bord de la rue, observant pendant des heures la procession d'une colonie de fourmis. Mes petits voisins ne sont venus combler aucun vide chez moi. Je n'ai jamais été en manque de famille. J'ai pris mes petits voisins en plus, j'ai élargi notre cercle familial. Quand mon mari a commencé à être malade, j'ai demandé à la maman, ma petite voisine, qui cherchait du travail de venir s'occuper de lui pour qu'il reste à la maison. Je l'ai payée évidemment, mais, pour moi, personne d'autre qu'elle ne pouvait s'occuper de lui. Puis pépé est mort. Je leur ai cédé notre garage. Je n'avais plus besoin de voiture. Je n'ai jamais passé mon permis. Je préférais leur faire plaisir plutôt que d'en faire une rente.

Ma petite voisine, le dimanche, vient me raconter sa semaine harassante, les horaires décalés à la maison de retraite où elle travaille à présent. Mais elle vient aussi quand elle veut. Elle ne me dérange pas. Je la reçois comme je suis, même quand je suis en robe de chambre sans dentier ou à moitié habillée en train de faire ma toilette. J'ouvre. Je ne lui demande rien. J'attends que les mots viennent d'eux-mêmes. Je la remonte quand je sens qu'elle a des idées noires. Parfois, elle me parle de sa jeunesse, là-bas, en Asie. Ma petite voisine sait que je ne répète rien. C'est son histoire, ce n'est pas la mienne.

Nous buvons un verre de muscat ou une tasse de café. Je mets une coupelle de biscuits apéritif. J'ai toujours aimé voisiner. Quand j'étais jeune femme et que je tenais le poste d'essence et le café tout en élevant mes trois gamins pendant que mon mari travaillait à l'extérieur, parce que aucun de nos trois emplois ne suffisait à nous faire vivre, mes voisines m'attendaient toujours pour boire le café, chez l'une d'entre elles. J'attendais qu'un vieux garçon ou qu'un client veuille bien me remplacer à mon poste quelques minutes le temps de les retrouver et de boire mon café, debout, le plus souvent. De temps en temps, lasses de patienter, elles le buvaient sans moi.

Maintenant, c'est le contraire. J'attends que mes petits voisins montent les marches de ma maison et tapent à ma porte. Quand ils restent longtemps sans venir me voir, car moi je ne veux pas m'imposer chez eux, ils me manquent.

Maintenant, les enfants de mes petits voisins ont grandi. Les parents ne sont plus qu'à deux. J'ai été la première à qui ils ont confié qu'ils allaient, à leur tour, devenir grand-père et grand-mère car leur fille aînée attendait un bébé. J'admire mes petits voisins, leur parcours. Ce n'est pas rien de créer une famille comme ça, en ayant tout abandonné et en partant de rien. C'est beau. Tout ce qu'ils ont vient de leurs mains. Et ce n'est pas évident car, dans la vie, même de très peu, on a toujours besoin de ses parents.

Lulu tourne la tête vers l'île au milieu du fleuve, juste dans la diagonale de notre banc. Une embarcation accoste et un homme enjambe son canoë. Il s'accroupit sur la berge et pointe une paire de jumelles dans notre direction.

– Il faut bien une île déserte pour apprivoiser les autres.

Lulu rit et je remarque que son visage s'allonge de joie.

– Heureusement que je me suis faite belle, s'amuse-t-elle avec coquetterie.

Elle revient vers moi, vers la caméra.

– Voilà je t'ai raconté mon voyage. Je n'ai rien fait d'autre que ça, elle dit tout bas.

Je mordille le bout de mes doigts, mes ongles déjà rongés, mon front bouillant. Une étrange impression me traverse. Je me sens décalée comme après avoir changé d'heure. Lulu m'a ramenée doucement à notre banc après m'en avoir éloignée, comme si nous venions de parcourir des centaines de kilomètres.

– J'ai rencontré beaucoup de gens au cours de ma vie, ajoute-t-elle. Mais, vois-tu, Marianne, je crois pouvoir te dire que mes petits voisins ont bouleversé le cours de mon existence et que je ne les remercierai jamais assez de s'être installés à côté de chez moi. Veux-tu que je te les présente ?

Le premier de la classe

Plutôt crever que d'aller voir mon père sur son lit d'hôpital où il clamsera peut-être ce soir ou demain. Le chien, le crétin. Je le hais de toutes mes forces. Ma mère pleure dans le salon, dans la cuisine, dans la poubelle, dans son cabas qu'elle serre sous son bras comme on s'accroche à des illusions, muscles tétanisés, membres étirés, doigts en crochets. Elle se traîne à terre, la bouche gavée de poussière. Genoux éraflés, égratignures sur les joues, gorge épuisée de sanglots et d'effroi. Elle me supplie. Ses larmes dégringolent jusqu'à moi et me recouvrent d'un liquide corrosif qui anéantit petit à petit mon corps sec, mon cœur fou de rage, mais qui laisse intacte la fureur en moi. Elle égrène les prières et les mots d'une langue qui n'existe que chez nous, une mixture molle d'andalou et de français. Elle mélange tout, la grammaire et nos prénoms, épuise sa mémoire et ma patience. Frasco est tombé d'un échafaudage. Les pompiers l'ont récupéré en miettes entre les briques, sous les planches, les échelles, les poutrelles. Des immeubles poussent partout dans la région grâce à mon père et à ses compatriotes de la péninsule qui ont débarqué il y a plus ou moins une décennie dans les gares d'Hendaye et de Perpignan. Les patrons oublient parfois les barrières de sécurité et, eux, les ouvriers costauds, croient qu'ils survivront à tout, au travail et aux heures du week-end payées sous le manteau. J'aurais préféré qu'on m'annonce la mort de mon père plutôt que cette agonie dont il est capable de se sortir héroïquement. Maman bave devant moi, elle a commencé les ménages, les heures à astiquer. De préférence le matin et la nuit quand les petits sont au lit. Je me lève du fauteuil et claque la porte. Mon père fout ma vie en l'air. Je sais très bien ce qui m'attend et pourquoi ses premiers mots ont été pour moi. Il aurait pu partir à l'assaut de l'Amérique, il n'avait pas assez d'économies, de meubles à vendre, de souvenirs à monnayer.

Il s'est reporté sur la France, tu parles d'un territoire à conquérir, d'une aventure, l'appartement étriqué, la famille éparpillée, les marmots engoncés dans les cris de la mère les matins et les soirs, qui n'en peut plus d'être seule à veiller sur eux. J'en veux à Frasco de cette vie, des heures qu'ils donnent au travail pour payer le loyer, les factures, les pommes de terre et, quand tout va bien, le poisson et les légumes au marché. Agustina pousse la table de la cuisine contre le mur, empile les chaises, les hisse en hauteur, verse des seaux d'eau dans la bassine et presse les petits à l'intérieur au milieu de la pièce qui ne peut contenir rien d'autre que cette énorme bassine en plastique bleu. Les petits remuent, gigotent, se cognent les uns contre les autres. Elle peste. Ils l'éclaboussent. Elle hurle, à bout, épuisée, tous ces petits qui grouillent et qu'elle doit astiquer pour qu'ils brillent, l'eau qui se répand sur le carrelage moucheté de la cuisine et qu'il faudra essuyer, la serpillière à sortir et à essorer. Elle en prend un entre quat'z-yeux :

– *Basta ! La para jaca*[1] *!*

Sa main claque sur ses fesses.

---

1. Ça suffit ! Arrête !

Je prends la mobylette sans précaution, la bouscule, la secoue. Elle se cabre, elle rugit, je pourrais me foutre en l'air avec elle. Mais même cette possibilité, mon père me l'a prise comme toutes les autres depuis que nous sommes montés tous les deux en éclaireurs dans le train du Nord, au printemps 1965. Je ne laisserai pas maman. Il joue de cela, mon père, de l'amour total et irréversible que j'éprouve pour sa femme Agustina.

L'hôpital se trouve tout en haut d'une colline et la mob rame à mi-parcours. Des véhicules me dépassent à bonne distance. Je roule sur le trait blanc qui délimite la chaussée. Le vent de la vitesse, même minime, gonfle ma chemise et la décolle de mon torse. Des frissons se glissent entre le tissu et ma peau. Je grelotte dans l'air moite d'août et je grogne contre moi-même. Je n'aurai résisté qu'une journée et une nuit aux injonctions de mon père mourant.

J'ai juré à Carole que je ne mettrais pas les pieds à l'hôpital. À ses yeux, je vais passer pour un dégonflé, le type qui a plus de phrases que d'envergure. Carole et moi, on est ensemble depuis six mois. Elle ne comprend pas grand-chose à mes histoires de famille. Deux adultes, sept enfants. Carole vit dans le même genre d'appartement que le nôtre, mais en mieux, escortée par des arabesques sculptées au bord des plafonds et des boiseries fleuries, avec sa mère, employée de mairie, et son frère, étudiant en droit. Elle n'imagine pas quel genre de tablée cela fait dans la cuisine formica, les coudes contre l'évier, les épaules collées aux placards, l'entortillage de jambes autour des tabourets. Il faut fermer la porte pour éviter que le vacarme ne s'échappe dans les étages de l'immeuble. Car tout germe en un repas : les reproches, la colère, les fous rires. On n'est pourtant pas la seule famille nombreuse de notre HLM flambant neuf. Au sixième, il y a les huit enfants de la famille Hachim, au troisième, celle des Martinez avec cinq mouflets et une paire de grands-parents. Mais Agustina tient à notre réputation d'enfants sages, lisses, polis, maîtrisés, de famille exemplaire, intégrée, francisée. Elle ne veut surtout pas que les voisins français trouvent à redire à notre façon de vivre.

Les paumes de mes mains saignent légèrement sur le guidon de la mob. Les ongles trop longs de mes doigts entaillent ma peau sans que je ressente la moindre douleur.

Je marque l'arrêt du stop juste en face du bâtiment terne du centre hospitalier. Frasco est quelque part, là, derrière un de ces carrés vitrés qui servent d'ouverture aux chambres des malades. Je gare la mob derrière la barrière de l'entrée et vomis dans un bosquet d'euphorbes desséchées. Je n'ai rien mangé depuis ce matin. Je me sens vide et enragé. Je suis frappé par mon inexistence, ma lâcheté.

Je n'ai jamais envisagé d'emmener Carole à la maison. Pas de nid, pas d'abri. Tout déborde de bruits, d'histoires, de crises, de gens chez nous. Quand on se retrouve en dehors du lycée, c'est toujours chez elle. Sa chambre est un paradis blanc fermé à clé, de dentelles, de pastels et d'amour que nous ne faisons pas. Elle se glisse dans son lit, me fait un signe de la main et je la rejoins. Avant Carole, je n'avais jamais touché une fille, la douceur de l'épiderme sur le dessus des mains, sur le haut des cuisses, au bout des seins. Carole ne croit pas aux vertus du mariage. Elle juge l'attente inutile.

Elle dit qu'il faut s'aimer tant qu'on en a envie, tant que le désir nous ravage. Je suis le premier garçon avec qui Carole coucherait si j'acceptais. Ce n'est pas que je n'en ai pas envie. Simplement, je n'aime pas les regrets. Je suis le gardien de sa virginité, de la mienne aussi.

On reste nus sous les draps, peau contre peau, on lit des poèmes. Verlaine évidemment, mais aussi Apollinaire. Je serai prof de français. Elle rêve d'être maîtresse d'école. Je crois que Carole est la femme de ma vie. Quand je le lui ai dit et que ma bouche a frôlé le lobe de son oreille, elle m'a repoussé délicatement comme on refuse les grigris et les talismans :

– La vie est immense.

Puis elle a susurré contre ma peau :

– Dis-moi un mot que tu aimes en espagnol !

– Je n'aime aucun mot en espagnol.

Elle a fait la grimace. Je lui ai mordu le menton qu'elle a si charmant puis j'ai dit :

– *No le hagas mucho caso ; està completamente guillao.*

– Cela veut dire ?

– Ne fais pas attention à lui, il est complètement fou.

– Alors justement s'il est fou, je ne passerai pas à côté de lui !

Carole m'a embrassé. Je lui ai avoué que je ne lui avais pas parlé en espagnol, mais en dialecte de Malaga. Je ne lui promets pas que mes mots sont corrects, mon accent irréprochable.

Maintenant que je monte dans l'ascenseur de l'hôpital, je trouve qu'au contraire, la vie n'est pas plus grosse qu'une fourmi. Cette idée me donne le vertige. Arrivé au cinquième, une infirmière me juge l'air livide. Je fonce aux toilettes.

Dans le miroir, j'ai dix ans de moins. La gueule d'un gamin qui s'étonne de la disparition des meubles dans la maison d'Andalousie, un matin de mai 1965.

– Le superflu ! souffle sa mère.

Le superflu comprend le lit du gamin le lendemain. Le gamin frémit. Est-ce que ses parents le vendront lui aussi ? Le petit sanglote sur la terrasse à l'abri des autres. Son père agite deux billets de train et embrasse sa mère, sa main épanouie sur ses reins à elle. Il n'a pu acheter que deux billets, un grand et un petit, avec tout le superflu vendu. Billet adulte, billet enfant. Le père met le gamin dans son sac et l'emporte avec lui pour un voyage dont il ne dit rien. Le gamin laisse sa mère en pleurs sur le quai de la gare de Malaga. Il essuie ses larmes à lui et sa morve contre la manche de son pull. Où est-ce que son père l'emmène ? Là où les parents se débarrassent de leurs enfants ? Le train ronfle et crache ses poumons encrassés de charbon. Le petit dans le compartiment est assis au-dessus des paniers qui débordent dans le couloir. Il lutte contre le sommeil, sursaute sans arrêt, fixé sur son père qui se tait dans le brouhaha du train et dont il redoute la disparition. Son père s'évanouit pourtant, mais pas à ce moment-là, plus tard, lors du changement de train. Emporté par la foule qui se presse dans la gare d'après, le gamin lâche le filet d'oranges qui le relie à son père. Le gamin ne crie pas. Il est devenu muet dès qu'il n'a plus senti sous ses doigts le nylon qui lui entaillait la peau. Il se noie entre les corps qui se bousculent et qui ne le voient pas. Brusquement, une grosse main le soulève du sol et l'emporte. Il reconnaît la voix du père qui gronde.

J'asperge mon visage d'eau, mais l'image ne s'efface pas facilement. Je redresse la colonne vertébrale, les épaules, le cou. Dans le couloir, l'infirmière m'attend. Elle s'inquiète, me propose un sucre dans un verre d'eau. Je me défends d'être malade. Carole aime la blancheur de ma peau, si pâle qu'elle vire rosbif au moindre rayon de soleil. L'infirmière me promet que je ne suis pas blanc, que je suis cadavérique, ce qui me fait éclater de rire. Mes joues se teintent de rose. L'infirmière s'en va, rassurée.

Je ne reconnais pas tout de suite Frasco dans la chambre aux trois lits rectangulaires tous alignés sur la même droite. Je me poste d'abord au chevet de celui du milieu. Je recule aussitôt en entendant la voix de mon père sortir d'un autre corps enrubanné. La voix est quasiment inaudible, mais je reconnais sa musique, son accent mou. Il grogne évidemment du côté de la fenêtre, contre moi qui l'ai pris pour un autre. Mais c'est tout ce qui m'est proche. Le reste, son visage, sa silhouette, m'est inconnu, emballé dans des compresses, des pansements, des plâtres. Même ses mâchoires bougent difficilement et se coincent entre deux syllabes. Le gros corps de Frasco repose déjà comme un mort, pareil au cadavre du vieux

Manuelito dans sa tombe d'un cimetière d'Avignon. Celui-là, mon grand-père, il me manquera toujours. Il m'avait désigné comme son traducteur en chef et me harcelait pour que je lui raconte de quoi parlaient les gens qui avaient l'air de tant s'amuser à la télé française à la toute fin de ces années 60 et quand je le lui expliquais avec mes mots d'enfant, il entrait dans une colère noire, se fâchait, tempêtait que je ne lui disais pas la vérité, que je me moquais de lui, que les sketches des chansonniers ne pouvaient pas tourner en dérision ce héros de la France qu'était le Général, qu'une chose pareille était inconcevable.

– Écoute, tu fais bien attention, Tonio, et tu me traduis exactement ce qu'ils disent !

Je serrais les poings, répétais mot pour mot ce que je venais de lui affirmer, osais lui tenir tête et lisais dans ses yeux une joie que je ne comprenais pas. Il insistait chaque semaine pour que je lui tienne compagnie devant la télé. C'était notre rendez-vous à tous les deux et personne ne se demandait ce qui nous réunissait dans la salle à manger. Il me prenait à témoin :

– Tu vois, Tonio, la France est un grand pays, libre et merveilleux, parce que ici au moins, il y a des gens pour se moquer des puissants. Alors que là-bas, chez nous en Espagne, il y a Franco, ce grand tyran de salaud qui nous bouffe les tripes et qui nous oblige à fermer nos gueules !

Je l'écoutais, terrifié, et je protestais :

– Mais, pépé, je suis français, moi !

Il me prenait dans ses bras, il riait, s'étouffait de rire et pouffait :

– Bien sûr, Tonio !

Je ne savais pas que je n'avais pas encore la nationalité française. Pour moi, il était évident que j'étais français puisque j'allais à l'école de la République.

– Alors, puisque tu es français, promets-moi que personne ne me ramènera là-bas, dans cette terre qui n'est plus la mienne.

Il montrait du doigt la direction des Pyrénées et je lui promettais pour lui faire plaisir. J'ignorais que toutes les familles espagnoles se cotisaient à l'époque pour enterrer les leurs au pays. Je l'ai découvert plus tard quand il a fallu convaincre mes parents, mes oncles, mes tantes que le vieil homme avait décidé de ne pas rentrer à Malaga et qu'il fallait lui trouver une place dans un cimetière français.

Je sursaute en entendant Frasco gémir. Il peut crever, il ne me manquera pas. Sa présence même diminuée m'étouffe, m'empêche d'être, tout simplement. J'entrouvre la fenêtre. Il proteste. Je chuchote :

– Je m'en fiche.

Il réplique :

– *Valientemente*[2] !

La voix craque. Les cordes vocales de Frasco sont sur le point de rompre. Même là sur son lit d'hôpital, il est encore capable de me menacer.

– *Como no me hagas te vas a ganar una buena tortea*[3] !

– Je ne comprends pas. Parle-moi en français !

– Arrête ! Je veux te dire quelque chose.

Puis il module sa voix, l'ourle de gravité, la souligne d'un vibrato sur la fin des mots.

– Quelque chose d'important.

Je devrais apprendre à lui désobéir, mais je suis au garde-à-vous comme toujours avec lui. Il dit d'une traite, dans un même souffle :

– À partir de maintenant, le lycée, les études, c'est fini.

---

2. Comment !
3. Si tu ne m'écoutes pas, tu vas t'en prendre une !

J'imagine ses sourcils sous les bandages. Je suppose qu'il les fronce comme s'il avait besoin d'en rajouter.

Il me faut un temps pour réaliser la portée de ses paroles.

– Demain, tu vas travailler.

Je prends l'uppercut en pleine poitrine. Je m'écroule. C'est lui le presque mort. Je suis à terre. J'ai dégringolé l'échafaudage à sa place et je porte des hématomes sur tout le corps. Crâne fracturé, articulations cassées.

– Ce n'est pas possible, je m'insurge, enfin, avec un filet de voix.

Je tourne en rond. Je redeviens l'enfant de l'année 1965 sur le quai de la gare de Malaga, égaré, paniqué, privé de sa mère.

– Je passe le bac à la fin de l'année, je poursuis avec une voix de garçon qui n'aurait pas encore mué.

– Tu oublies.

Sa respiration ronfle et prend le dessus sur les mots. Il doit choisir : inspirer l'air ou parler.

– Tu veux faire comment ?

Ses pupilles tentent de se tourner vers moi puisque

sa tête reste immobile. Mais je regarde ailleurs, je retiens ma haine et mon dégoût.

– Maintenant, tu es l'homme de la maison. Tu dois aller gagner de l'argent pour ta mère, tes frères, tes sœurs.

Ses lèvres se sont soudées, il a fermé les yeux, claquemuré dans son sommeil de despote, imperméable à ce que je suis, à mes rêves, à mes projets. L'homme de la maison. J'aurais pu l'achever sur son lit d'hôpital, m'en débarrasser. Qu'est-ce qui fait qu'on ne devient pas un criminel ? J'ai fermé la porte et je me suis enfui. J'ai dix-sept ans. J'aurais pu me balancer du haut du toit de l'hôpital, les bras en croix, l'espoir en berne, mais je dévale les escaliers, m'égare dans des sous-sols et des couloirs. Dans un coin, je me recroqueville et je pleure.

Le rectangle d'une cour de récréation valse dans ma tête. Des cris aigus me percent les oreilles. La méchanceté des enfants. Ils m'insultent, ils se moquent. J'ai huit ans. Ils imitent mon accent, dansent autour de moi dans des farandoles terrifiantes qui déferlent et me piétinent. Ma main brisée saigne. Je serre les dents. L'instituteur,

M. Béla, m'extirpe de ces rondes cruelles. Il se donne un an pour apprendre l'espagnol. Nous progressons en parallèle. L'année d'après, en 1966, je rafle les premiers prix de dictée, de récitation, de conjugaison, de grammaire. Je travaille deux fois plus que les autres, deviens le premier de la classe, refuse d'être rattrapé. À la maison, le champ de mon apprentissage inclut de compléter les formulaires que l'administration exige de lui renvoyer correctement remplis, sans ratures ni mentions inutiles. À l'heure du facteur, je suis chargé de demander à l'employé des Postes s'il a reçu l'argent des allocations familiales qu'il est chargé de distribuer. La honte me monte souvent aux joues, malgré la bienveillance du facteur. Je voudrais grandir en un clin d'œil, être un adulte dont personne ne risque de rire.

Un blessé grave arrive sur une civière. Je ne vois que ses yeux, la détresse immobile et la peur de s'éteindre. L'aréopage de soignants, de brancardiers, de pompiers s'engouffre derrière des portes rouges. Je me gratte furieusement, je m'arrache les peaux, je sèche mes larmes. L'usine m'attend derrière l'hôpital. Une succession de hangars. Du métal, des machines, des instructions, une pointeuse. Si je veux, je commence tout de suite. La main-d'œuvre n'est pas pléthorique. Du travail d'ouvrier, il y en a à la pelle. Je ne sais rien faire de mes dix doigts, la belle affaire ! Agustina secouera la tête quand je lui dirai que j'embauche à l'aube. On n'a pas le choix, Tonio ! Je protesterai qu'elle se trompe encore, que je m'appelle Antoine et pas autrement. On n'a pas le choix, Tonio, elle répétera. Comment je fais sinon pour vous nourrir, toi et les petits ?

Des cloques rouges éclosent sur la peau de mes jambes, de mes bras. Je pousse la porte battante et déboule dans le hall de l'hôpital, évite les perfusions et les fauteuils roulants. Dehors, le ciel s'ennuie dans des volutes d'argent exagérément gonflées. L'horizon est une barre HLM que des maçons qui ne parlent pas français montent brique après brique. Tout au bout du parking entre la cahute du gardien et l'arrêt du bus, une jeune fille étend ses bras pour m'empêcher de passer. Des boucles blondes chevauchent ses épaules. Carole est une belle personne. Elle enroule les sourcils, faussement fâchée, dans une grimace comique, m'attire contre elle, m'embrasse par petits coups de langue comme un animal lèche son corps blessé. Elle monte à l'arrière de la mob, je pousse l'accélérateur, ses mains serrées contre mon torse me ramènent à moi-même. Rien ni personne ne me dépossédera plus de ce que je suis. Le vent ébouriffe nos cheveux et nos envies. Dans cet appartement couvert de parquets qui ne craquent pas, nous naviguons, Carole et moi, sur un bateau à voiles blanches et pastel.

– Tu es l'homme de ma vie, me chatouille Carole dans le cou.

Et d'une phrase, la jolie personne lave mon cœur encrassé de haine et de rage. Frasco, sur son lit d'hôpital, peut compter sur moi. Demain, à l'aube, devant l'usine, je prendrai ma place dans le rang des travailleurs.

La fleur de mes parents

Quand ils m'ont aperçu, les parents se sont illuminés d'un large sourire que je n'avais jamais vu fleurir sur leurs visages. Quand j'y songe, l'image d'une grosse pivoine me vient à l'esprit. Mouillée, joufflue, blanche, magnifique. J'ai rougi de leur joie tellement évidente. Je ne me souvenais pas de les avoir, un jour, rendus heureux. Jusque-là, j'avais eu le sentiment de n'être qu'une source d'inquiétude pour eux. Un mauvais garçon. Un fils ingrat. Maman a plissé les yeux comme on règle des jumelles et a frotté ses avant-bras avec la pointe de ses doigts. Papa a baissé la tête, mais ses yeux sont revenus aussitôt se poser sur moi. J'ai senti une chaleur douce grignoter la surface de ma peau puis irradier des bouts de mon corps, mes reins, mes mollets, mes triceps. Une idée étrange a traversé mon esprit : « Maintenant, tu peux mourir. »

Je n'ai pas besoin de baisser les paupières et de plonger en moi pour me remémorer la tête des parents éclatants de surprise, tout trempés d'émotions impossibles à cacher. Leur image s'intercale et se décalque sur tout ce qui fait ma vie désormais, les objets, les gens, les lieux.

J'étais descendu d'un train à grande vitesse à la gare de Mâcon, chargé de mon barda que je rapportais régulièrement sur l'épaule, marchant d'un bon pas sur la rue Gambetta, remontant le quai Lamartine, traversant le pont, longeant à nouveau la Saône.

J'avais croisé Lulu que j'avais effrayée malgré moi sur la place de l'église en lui soufflant dans le cou : « Mémé ? » La vieille dame parfumée d'ambre et de lavande avait sifflé, tout de suite après avoir repris ses esprits, d'une voix chuintante, l'accent bressan plus vigoureux que jamais : « Dépêche-toi de rentrer chez toi, ta maman t'attend ! » Sous son palais, le mot « maman » chevrotait. J'avais accéléré la cadence, malgré le poids de mon bagage, la fatigue des heures de train et de toutes celles à bivouaquer.

Rien ne s'était déplacé en mon absence, ni la rue, ni le quai, ni même les roses jaunes entortillées, emmêlées dans les aspérités du crépi de la façade aux volets bleus.

Les parents ne s'attendaient pas à me recevoir à cet instant précis dans la cuisine. Je ne les avais pas prévenus de l'heure exacte de mon arrivée. Peut-être maman avait-elle bougonné, quelques instants avant que je n'entre, que j'aurais pu les avertir quand même. Peut-être papa, plongé sur le mécanisme d'un engin cassé, s'était-il demandé comment étouffer le raffut de la pendule.

Peut-être pas.

Je revenais chez nous après avoir quitté la maison pour la première fois. Je n'avais pas encore vingt ans, à peine dix-huit. Je n'étais pas encore un homme. Je n'avais encore rien vu du monde et de ses failles. J'avais grandi de dix centimètres en six mois et élargi le tour de mes mollets.

Je me revois dans la rue, quelques secondes seulement avant de pousser la porte du garage. J'avançais, gonflé d'impatience à l'idée de leur annoncer la nouvelle et de leur montrer celui que j'avais décidé d'être dorénavant. J'avais confiance subitement. Le monde m'appartenait. Je leur réservais la plus incroyable des surprises. Je ne me faisais pas d'idée précise de ce qu'ils allaient me dire, comment ils allaient se comporter. Mais je n'avais aucune appréhension : j'avais des années de vie commune avec eux derrière moi et je ne risquais pas d'être pris au dépourvu par leur réaction. J'avais l'impression de les connaître parfaitement. Je pouvais traduire le moindre de leurs gestes, un battement de cil de ma mère, le degré d'inclinaison de sa tête, la manière de croiser les bras de mon père. J'avais emmagasiné tout un savoir depuis ma naissance et j'étais incollable sur le registre de leurs expressions, sur leur façon d'être contents, fâchés, déçus, énervés.

Cependant quand j'ai poussé la porte et que je suis apparu dans son encadrement, l'uniforme impeccable et carré, le blouson structuré, l'étonnement m'a saisi.

Je n'ai reconnu ni mon père ni ma mère, à cause de cette pivoine qui a éclos sur leurs lèvres et qui s'est épanouie au point de les recouvrir totalement. La fleur de mes parents a élargi leurs bouches, illuminé leurs pupilles d'un éclat d'onyx noir, incendié les lobes de leurs oreilles, gravé deux disques roses mouvants sur leurs joues. Cette métamorphose des traits de leurs visages m'a désarçonné. La fleur m'a révélé que je ne savais pas tout de mes parents. Alors, j'ai ri frénétiquement. J'ai ri comme pour me défendre. Je leur ai annoncé, solennellement, parlant sur mon rire, le maîtrisant, que je venais de signer pour cinq ans. Je ne savais pas encore que les officiers de l'armée de terre me repéreraient, moi, le mécano, et que j'allais piloter un char, devenir maître à bord d'un blindé, rejoindre le camp des combattants. J'ignorais que j'irais passer six mois au Kosovo, sur la base à Novo-Selo, entre Pristina et Mitrovica, où les tensions sont plus vives et la violence plus présente que je ne les avais imaginées même si personne à la télé ne parle plus du Kosovo depuis l'armistice de 1999. Je ne me doutais pas que ces dix mois me transformeraient, me sculpteraient.

Maman dit qu'elle a un garçon baraqué désormais. J'aime mon corps maintenant, je l'entretiens, je traque le gras, la mollesse, ma paresse. Je me sens retenu, contenu. Mes muscles tressent des barricades qui me protègent de moi-même, essentiellement. Car, à l'intérieur, je suis encore en vrac, filandreux, éparpillé. J'ai cru que l'armée me ramasserait, me rendrait compact, un bloc de chair et d'assurance. Novo-Selo a fait ressortir la peur et la violence.

Je n'avais pas mesuré la portée de mes paroles, leur impact en plein cœur dans la poitrine de mes parents. Je n'avais pas réalisé ce que mon engagement signifiait pour eux. Cinq ans à servir le pays qui les avait accueillis exactement trente ans plus tôt.

Il a fallu qu'on m'en fasse la remarque. Mais je ne réalise toujours pas. Je sers mon pays, je suis français. Comme mes parents. Eux ne l'ont pas toujours été. Dans leur autre vie, celle où je n'existais pas, ils étaient laotiens. Comme ce gradé qui m'avait à la bonne au Kosovo à cause de nos origines communes. Je n'avais jamais rencontré d'autres Laotiens en dehors de ma famille avant lui. Il est né au Laos, y retourne un été sur deux.

Je souriais en l'écoutant me raconter ses séjours là-bas. Tout ce qu'il évoquait ne me disait rien. Mes connaissances se limitent au nouvel an lao, aux prières de ma mère, aux petits plats de mon père et à quelques visites à notre famille exilée au Canada.

Moi, je suis né à Mâcon. J'ignore ce qu'a été la vie de mes parents au Laos. Je n'ai aucune image qui me vienne à l'esprit. Mes parents ne m'ont rien raconté. Je ne leur ai rien demandé. Je n'y songe pas. Je n'ose pas. J'ai peur. Je ris. Il paraît que, dans les fratries, les aînés se conforment aux souhaits de leurs père et mère, que les seconds sont plus libres, mais qu'ils veillent à ne pas s'aventurer trop loin et que les troisièmes n'hésitent pas à tracer leur route en toute indépendance.

Longtemps, mes parents se sont fait du mauvais sang pour moi. Ils se demandaient ce que j'allais devenir. Je ne les rassurais pas. Je me taisais. Je rêvais en secret de devenir policier ou pompier. Quand j'ai décidé de partir à l'armée, je n'ai rien dit à personne. Puis j'ai signé mon contrat en secret. Depuis, les relations avec mes parents se sont apaisées.

Bientôt, j'apprendrai ce qu'a été leur existence.

Bientôt, je serai prêt.

Tu ne sais rien de ma vie

– Tu ne sais rien de ma vie, commence maman en s'asseyant ce matin à la table de la cuisine, comme elle ne le fait jamais, son regard sévère braqué sur moi.

Je tressaille en versant du thé blanc dans ma tasse. Le passé de mes parents a l'épaisseur des forêts primaires du Laos, peuplées d'arbres centenaires, d'essences rares et précieuses. Une étendue vaste et profonde, que j'imagine clairsemée par endroits, inquiétante et sombre le plus souvent, fréquentée par les esprits et des animaux extraordinaires : des lézards volants, des papillons aux ailes exubérantes, brillantes. Mes parents pourraient m'y servir de guide. Mais ni eux ni moi n'osons trop nous aventurer jusque-là. Je suppose que nous gardons nos distances pour éviter le mal que l'on se fait parfois à vouloir sauvegarder la mémoire, reconstruire les souvenirs. Les seuls bouts d'histoires, les quelques bribes de récits que j'ai entendus sont sortis par inadvertance de la bouche de maman, des poussières en passant, à une époque où j'essayais d'en savoir un peu plus et où ma mère préférait le silence.

Ce matin, entre le buffet et la gazinière, je sens que je ne sortirai pas indemne de la cuisine. Je pourrais inventer un prétexte et filer retrouver Baptiste sous l'abribus, juste devant le café de la mairie. Lui et moi, on est ensemble depuis six mois. Je n'ai jamais été aussi longtemps avec un garçon.

Je reste. S'il m'aime, il m'attendra. Par la fenêtre, le jour se lève à peine. Le matin est encore bleu chardon. Je reste pour ne pas avoir à mentir, et peut-être même à me trahir. Je tais depuis toujours le nom de mes amoureux, celui-là plus que tous les autres, je ne veux pas avoir à dire ses cheveux blonds frisés et ses pupilles marron glacé.

J'ai dix-sept ans, bientôt dix-huit. Maman estime que j'ai l'âge requis, que je peux désormais entendre ce qu'elle a à me dire. Comment elle a fui le Laos avec papa en 1977 et comment je suis née dans leur cabane du camp de réfugiés d'Ubon en Thaïlande, sous une lune pleine, légèrement rosée, dans un ciel foisonnant d'étoiles filantes.

Douangchanh, mon prénom, signifie « lune ».

Je présume que maman a longtemps réfléchi avant de me demander de m'asseoir sur la chaise de la cuisine et de l'écouter. Je ne crois pas à un coup de tête, mais elle ne sait pas trop comment poursuivre. Les mots en français l'embarrassent. Elle bute sans arrêt sur les syllabes, se trompe d'accent. Je l'observe du coin de l'œil. Elle passe la main dans ses cheveux, baisse les paupières. Même dans sa langue maternelle, elle n'est pas sûre de ne pas se tromper. Elle se reprend progressivement, veut revenir au commencement. Je me demande ce qui lui prend. L'angoisse monte en moi jusque sous mes côtes, imprègne mes chairs, imbibe mes os. Je dois trouver un moyen d'empêcher la contamination entière de mon être.

– Ma fille, tu ne sais rien de ma vie. J'avais exactement ton âge quand nous avons fui le Laos au péril de notre vie, insiste-t-elle, les mains bien à plat sur la toile cirée, les sourcils froncés, sa façon de parler sans égards, toujours un peu brutale.

Les mots de ma mère s'amoncellent en reproches sous mon crâne. Je pose mes yeux sur la photo du mariage de mes parents, au-dessus du buffet. La seule photo qu'ils ont pu ramener de là-bas. La seule trace de cette époque. Un trésor dans un cadre en bois doré. Maman a les cheveux relevés en chignon et une couronne de fleurs est posée au-dessus de son front. Je reconnais à peine sa silhouette, la finesse de ses bras, de son visage, la douceur de son regard. Ma gorge se serre en observant la jeune fille que fut ma mère plutôt qu'en la fixant telle qu'elle est aujourd'hui accoudée à la table à quelques centimètres de moi, le menton un peu mou au-dessus de son col roulé bleu ciel. Je m'interroge sur ce qui a gommé chez elle l'éclat de ses dix-sept ans.

Je ne me sens pas à la hauteur.

Mon adolescence me semble bien terne au regard de ce que j'imagine de la sienne.

Un jour de mai 1977, maman, enceinte et jeune mariée, s'est habillée de noir à la manière des paysans, elle a pris ses deux petites sœurs par la main, emboîté le pas de son mari et de son petit frère, rejoint la forêt où ils ont attendu que la nuit tombe sur la végétation tropicale. Une bande d'enfants fuyant leur pays à la merci des brigands, du hasard et des traîtres et laissant derrière eux misère et terreur.

– Au péril de notre vie, elle répète, en forçant mon regard.

J'ai souvent rêvé de m'échapper de la maison. J'ai toujours une bonne copine chez qui je me réfugie un après-midi ou une nuit. Je ne sais pas vraiment ce à quoi je veux échapper. Personne n'a jamais haussé la voix chez nous. Personne n'a jamais été vraiment désagréable avec moi. Je ne pars jamais très longtemps. Je ne suis qu'une intermittente de la fuite. Je joue petit bras. Je ne vais pas bien loin. Je respire l'air ailleurs, j'emmagasine de grandes bouffées d'oxygène qui me manquent chez nous, dans notre petite maison coquette et, pourtant, étouffante. Je longe le quai et je descends de l'autre côté, le long de la rive opposée. Je regarde les avirons sur la

Saône. Baptiste est l'un des rameurs dans sa combinaison qui colle ses muscles saillants. Il porte sur le nez des lunettes miroir qui reflètent les flots glacés, les nuages fluorescents, la soie rose bonbon de l'horizon.

– Au péril de votre vie ? je demande, timidement.

En fait, je n'ose pas. Je me tais. En ce moment, maman et moi, nous ne nous entendons pas très bien. Parfois pas du tout. Je ne sais pas ce qui a changé entre nous. Nous nous accrochons pour un mot, un geste, un regard. Chacun de nos mots peut servir d'étincelle. Avant, nous ne pouvions pas nous passer l'une de l'autre. Nous étions soudées par des liens invisibles si forts qu'ils ne reposaient pas sur la parole, mais ils ont cassé. Nous les avons surestimés. Ils étaient plus fragiles que ce que nous pensions. Nous n'avons pas pensé à les protéger.

Maman cherche dans sa mémoire, tente de mettre de l'ordre dans les images qui l'assaillent, essaie d'y mettre des mots, mais ne peut les réunir. Pluies. Moussons. Forêt. Rizières. Mékong. Soldats. Barbelés. Mirador. Camp. Réfugiés. Liste. Avion. Croix-Rouge.

Ils n'appartiennent pas à mon vocabulaire.

Maman est gênée de devoir me prendre entre quat'z-yeux.

– Tu ne sais rien de ma vie.

J'ai beau être habituée à sa façon de parler, je n'ose pas lui dire que je ne comprends rien, que son ton me brutalise. J'ai l'impression qu'elle me fait payer quelque chose. De quoi suis-je coupable ?

Puis quand enfin son récit se construit, je ne saurais trop comment l'expliquer, mais ma tête et mon corps se séparent en écoutant maman. Ma peau reçoit parfaitement ses mots. Ma tête, en revanche, est perdue, déconnectée. Elle refuse de leur trouver un sens. J'ai envie de me boucher les oreilles et de hurler : « Tais-toi, maman ! »

Mais je reste impassible, masquant ce dédoublement de moi-même, masquant la peur qui me prend en étau et ruisselle dans mon dos. J'écoute son récit comme si je n'en étais pas l'un des personnages principaux. Il se déroule principalement dans un pays où je n'ai jamais mis les pieds, dont je n'ai jamais rêvé, à une époque qui n'existe plus. Même au lycée, je n'ai jamais fait le lien entre mes cours et mon histoire familiale. Le regard que le prof pose un instant sur moi, perceptible pour les autres, me tétanise. Les lèvres sèches, je baisse la tête sur mon livre. Le prof s'excuse après le cours. Mais je ne suis pas gênée. Je suis glacée, insensibilisée. Je n'ai que faire du Laos.

Maman évoque le Mékong pareil, pour elle, à un immense barbelé. Elle se tapit dans l'obscurité des flamboyants, avance sur la pirogue qui tangue. Au loin, des gardes-frontières se tiennent en embuscade, prêts à tirer sur les fuyards. Elle ne sait pas nager. Son corps frissonne, le bébé tire juste au-dessus de ses cuisses, du pubis. Elle s'accroupit contre la coque, cogne son ventre, étirant ses bras élastiques autour de ses deux petites sœurs épuisées, se méfie des passeurs, ne les lâche pas des yeux, ces brigands. Elle a entendu que certains poussent leurs clients dans les eaux rouges et tourmentées du grand fleuve.

– Moi ? je sursaute. Le bébé dans ton ventre ?

Maman fronce les sourcils.

– Qui d'autre ? elle s'étonne, agacée d'être interrompue.

Jusqu'à ce matin, j'ignorais presque tout du passé de mes parents. Je ne connaissais d'eux que ce que j'avais sous les yeux. Leur existence économe et discrète. Leur travail éreintant, papa dans son usine, la même depuis trente ans sans que son patron n'ait jamais eu l'idée d'une promotion, maman dans sa maison de retraite s'occupant des vieux comme s'ils étaient ses propres parents alors que les siens ont été exilés à Ottawa. Les vacances et les sorties millimétrées. Quelques rares allers-retours au Canada pour rendre visite à la famille. Notre quotidien en cercle fermé. Nous sommes à nous six, papa, maman, mes frères et moi, une communauté. Un îlot asiatique. Les seuls Laotiens dans notre ville. Partout, seuls et différents toujours, tout le temps. Des Laotiens caméléons qui ne pourront jamais effacer ce qu'ils sont en apparence, mais qui se sont fondus dans le paysage, forçant le silence, redoublant de discrétion et de gentillesse pour être là sans déranger. Papa s'est fait une spécialité dans le bricolage. Il dépanne tout le monde dans le quartier, se rend indispensable pour réparer une tondeuse à gazon, raccommoder les fils d'argent d'un bijou ancien, desserrer le couvercle coincé d'une cocotte-minute. La voisine dit que maman a un mari en or. Maman réplique qu'il est en tôle, par superstition évidemment. Surtout ne pas se vanter.

Même entre eux, mon père et ma mère se parlent en français. Le lao survient de temps en temps, dans la rue, pour un juron, une insulte que personne ne peut comprendre et, parfois, pour un mot d'amour qu'ils ne sont que tous les deux à pouvoir murmurer. Mes parents ne m'ont pas transmis leur langue.

– On avait déjà tant à faire en arrivant en France. Survivre, travailler d'abord, économiser ensuite pour reconstruire notre vie.

À défaut, papa nous a appris le goût de la cuisine laotienne. Il cultive un potager derrière la maison pour mijoter des plats pimentés avec ses propres produits. Il plante les légumes d'ici et aussi de la coriandre, de la citronnelle, du basilic, du gingembre pour ses plats laotiens. Pour le reste, une fois par mois, nous allons faire nos courses à Lyon. Nous achetons des sacs de riz parfumé et de riz gluant, des caisses de champignons noirs.

Tout à coup, maman m'assène :

– Je te dis tout cela parce que je ne veux pas que tu t'imagines que tu es une Européenne !

Je suis la ligne de ses sourcils, le bombé de ses paupières, l'arrondi de ses pupilles. La phrase a rebondi sur ma poitrine, déchiré mes tympans et circule à présent en rond dans ma tête. Mon regard erre autour de moi. Notre maison au bord de la Saône n'enferme pratiquement aucune trace du Laos. Un cône en palmier ramené du Viêt-Nam par des amis, un petit autel, un Bouddha en laiton, des bracelets orangés. Ce qui reste de leur autre vie s'entend à la surface de leurs voix, se lit dans leur façon d'être. Ils ont conservé quelques superstitions et une poignée de traditions.

Enfant, je me réjouissais d'entendre maman me raconter des légendes et des traditions comme celle du nouvel an lao, au mois d'avril. Boun Pimay. Je vérifiais qu'elle n'oublie pas de préciser que les enfants, munis de leurs seaux, avaient le droit de se précipiter vers leurs grands-parents en leur demandant de bien vouloir les autoriser à les asperger.

Maman entortille ses doigts, se mord les lèvres. Je sens qu'elle n'a pas fini, qu'elle ne sait pas comment exprimer ce qui doit suivre. Sa poitrine se soulève laborieusement. Jamais, petite fille, je n'ai imaginé que mes parents ont éprouvé de la peine d'avoir perdu leur pays. Leur histoire ne m'a jamais pesé, ni le manque de famille autour de nous. Nous avons agrégé notre voisine Lulu à notre tout petit noyau : elle est devenue notre grand-mère d'adoption, chez qui nous pouvions aller boire un sirop de grenadine, celle qui n'oubliait jamais nos anniversaires et qui avait toujours un petit quelque chose pour nous.

Depuis ce matin, je m'interroge sur mon manque de curiosité. Je n'ai jamais posé de questions à mes parents sur leur enfance, leur jeunesse à Paksé, leur départ précipité. Pourquoi ? Est-ce que j'avais peur de ce que j'aurais pu découvrir ?

Le Laos est, pour moi, une contrée étrangère, une banquise hostile et pas du tout un paradis tropical. Rien ne me relie à ce pays qui ne peut être qu'une terre de douleur. Rien ne m'y attache. Rien ne m'aimante à lui. Je ne le dis pas à maman. Je ne le dis pas non plus à Baptiste qui rêve de parcourir « le royaume du million d'éléphants et du parasol blanc » comme il l'appelle. Mon ami a le goût des voyages et de l'ailleurs. J'espère qu'il me voit autrement que comme une créature exotique. Mon pays est la France. Je n'ai pas besoin d'imaginer que je suis européenne. Je le suis. Toute ma vie est ici. Je m'accroche à cette réalité. Maman n'y peut rien.

Pourquoi veut-elle compliquer mon existence ?

Un jour, au collège, une dame de service m'a confié qu'à chaque fois qu'elle m'apercevait, elle pensait à ces reportages télé de la fin des années soixante-dix qui racontaient le calvaire des boat-people. Des Laotiens peut-être, mais surtout des Cambodgiens, des Vietnamiens qui fuyaient leur pays. À l'époque, ces images l'avaient profondément marquée. Dans ses yeux, j'ai lu une émotion réelle et, tout à coup, je me suis vue dans son regard en transparence, mais je ne me suis pas reconnue. J'ai souri timidement. Sur le coup, j'ai eu un peu honte de ne pas pouvoir lui répondre. J'ignorais ce dont elle me parlait. Je suis rentrée à la maison et je n'ai pas osé poser la question aux parents.

Maman décroche un petit miroir du mur, me le met sous le nez et martèle encore une fois :

– Regarde-toi ! Tu n'es pas une Européenne.

Elle me gêne avec son miroir et m'embarrasse avec une douleur que je sens désormais en elle.

– Qu'est-ce que tu essaies de me dire ? je lui demande enfin. Depuis que je suis toute petite, tu me dis de travailler à l'école, de m'intégrer, de ne pas fréquenter d'autres Asiatiques, d'être plus française que les Français. Pourquoi insistes-tu maintenant pour que je n'oublie pas que je suis laotienne ?

Maman secoue la tête.

– Tu n'es pas laotienne.

Elle pense le contraire. Elle a son air boudeur qui la fait ressembler à un bouledogue.

– Je suis quoi alors ? je craque.

Maman réajuste ses lunettes. Elle reprend sa chronologie. Je m'impatiente.

– Tu m'as convoquée pour me dire ça ?

Je m'apprête à me lever.

– Tu es née dans le camp de réfugiés d'Ubon en Thaïlande, dans une cahute que ton père a construite de ses mains. Je n'ai pas réalisé que j'étais en train d'accoucher. Une infirmière me l'a dit et elle m'a aidée à te mettre au monde dans notre cabane.

Maman pose son front dans sa main droite. Elle cache le bas de son visage dans son col roulé ciel et dissimule l'émotion qu'elle ne peut plus refouler.

– Elle s'appelait Rose, l'infirmière. Elle était américaine.

Mon cœur se contracte. Je sens que l'instant que je voulais éviter est là, qu'il est absolument ridicule de vouloir l'éviter. Je ne peux pas être dans un pire état que si j'étais en train de constater qu'un char d'assaut est en train de me rouler dessus.

– Quand tu es née, tu étais…

Elle marque une pause, baisse les paupières. Je ne veux rien entendre. Je devrais la supplier de se taire.

– Tu étais quasiment morte.

Elle époussette du bout des doigts la toile cirée devant elle.

– À vrai dire, tu es née morte.

Je suis frigorifiée. L'impression que je ressens est très bizarre. Je suis bouleversée. Je devrais me mettre à sangloter, mais la glace qui est en moi ne cède pas, ne laisse pas rouler les larmes et l'émotion.

– Rose t'a sauvée. Je ne sais pas exactement comment elle s'est débrouillée.

Les paroles de maman coulent librement.

– Elle t'a aidée à respirer. Elle t'a réchauffée.

Maman me fixe droit dans les yeux.

– Moi, je n'ai rien fait.

Elle ne me lâche pas des yeux.

– Au début, j'ai pensé que c'était peut-être mieux que tu n'aies pas survécu.

Je mords l'intérieur de mes joues. Contre la glaciation des sentiments, j'essaie la douleur physique. Et ça marche, mon thermostat intérieur s'équilibre peu à peu.

– J'avais dix-sept ans. J'ai pensé : tant mieux si le bébé est mort.

Les révélations de maman ne me choquent pas. Elles ne m'attristent pas non plus. Elles me libèrent.

– Puis j'ai constaté qu'elle te ranimait. Une vague de chaleur m'a envahie et j'ai oublié les pensées qui avaient pu me traverser.

Plus tard, je serai infirmière. Je n'ai pas varié depuis l'enfance. Je n'ai jamais envisagé un autre métier même quand la prof de physique, Mme Morlot, m'a suggéré d'avoir plus d'ambition, de me fabriquer d'autres rêves. Pour maman, infirmière, c'est ce qu'il y a de mieux. Elle n'a jamais pensé que je pouvais viser plus haut, devenir médecin. Mon frère se prépare à faire une école d'ingénieur. Cette ambition suffit déjà bien à notre famille.

Est-ce qu'il m'arrivera d'aider une jeune fille à accoucher de son premier enfant dans un camp de réfugiés, à même le sol ?

Pendant un moment, maman et moi, nous ne parlons pas.

– Je t'ai vue avec un garçon blond, me lâche enfin maman.

Je serre les mâchoires. Je me métamorphose en huître. Domaine réservé.

– Quand j'avais ton âge, mes parents n'ont pas arrangé notre mariage, comme cela se pratiquait à l'époque, me confie maman sur la réserve. Nous nous aimions, ton père et moi.

Les paupières tirées sur son regard, elle bouge à peine les lèvres. Si j'étais peintre, je dessinerais maman à cet instant où elle ne me regarde pas et où elle me parle d'amour pour la première fois.

Tout à coup, dans ma tête, je récupère enfin le fil invisible qu'elle tente de tendre entre nous depuis tout à l'heure, sans douceur, avec ses manières brusques, avec cette vérité qu'elle a enfin réussi à me dire. Je vois maman marchant dans la forêt tropicale en funambule sur le sentier, elle a dix-sept ans et je m'aperçois dans son ventre. Petit animal nageant sous sa peau. Des gens ont dit, depuis longtemps, comme le racontent les magazines, que nos vies d'avant naissance comptent autant que toutes les autres dans l'existence de chacun d'entre nous. Je suis née sur une route de l'exil. J'ai sans doute senti la terreur de ma mère quand les passeurs ont engagé leur pirogue sur le Mékong enveloppé dans la nuit. Je me suis peut-être recroquevillée en elle quand elle s'est accroupie sous les fougères pour dissimuler sa présence aux soldats. Je l'ai sûrement écoutée chercher son nom sur la liste affichée chaque matin par les employés de la

Croix-Rouge annonçant les départs des uns et des autres pour la France, le Canada, les États-Unis. Mes parents n'ont pas choisi. Est-ce que cela a marqué les liens qui nous unissent ?

– Quand j'avais ton âge, moi aussi, je voulais être infirmière. Je le serais devenue si j'étais restée au Laos, dit soudain maman. Mais si je n'avais pas quitté mon pays, je serais peut-être morte avant.

Je transpire légèrement. Je garde le silence.

– J'ai cessé de rêver du Laos la nuit. Mon pays ne vient plus jamais me hanter. Et même la source de mes souvenirs s'est tarie.

Elle relève les paupières.

Je commence à saisir le sens de tout ce qu'elle me dit dans le désordre depuis tout à l'heure dans la cuisine traversée par les premiers rayons du soleil.

Est-ce parce que mes parents se tiennent si loin de l'endroit qui les a vus grandir, sans aucune famille autour de nous, qu'ils tentent de me garder le plus longtemps auprès d'eux et que je tente de leur échapper ?

Est-ce qu'il suffit de le savoir pour pouvoir à nouveau se retrouver ?

Des larmes coulent sur les joues de maman. Fines et fragiles. Quasiment imperceptibles. Je me rapproche d'elle. Je colle mes joues aux siennes. Je viens lécher les larmes doucement sur sa peau. Je l'entoure de mes bras.

– Ma petite maman, je murmure contre elle.

Elle se laisse envelopper par moi qui deviens son écrin.

J'ignore combien de temps nous restons ainsi, je tente de graver ce moment en moi. Puis je me lève un peu maladroitement et je me précipite dehors. Je sors de la maison en titubant. Je cours vers le quai que je remonte à toute allure. Au loin, j'aperçois Baptiste. Il a le bras en écharpe et me fait signe avec son autre main.

– Je suis tombé dans l'escalier. J'ai besoin d'une infirmière.

Il rit.

Je fais la moue.

– Je préférerais que tu aies simplement besoin de moi.

Baptiste passe le bras derrière mon cou et m'embrasse sur la bouche.

– Tu es malade ?

Il pose la main sur mon front et me demande si j'ai de la fièvre. Il s'étonne de ma peau chaude, pas vraiment plus chaude que la sienne en réalité, mais bien moins froide qu'elle ne l'est habituellement.

Gueule noire, gants blancs

Marseille la blanche, bordée d'écume, dans l'encombrement de mouettes et de goélands. Depuis le pont, les bras tendus sur la balustrade, le regard braqué vers la terre, Yazid et moi, nous ne manquons rien. Les rangées de bateaux, voiliers, chalutiers. L'alignement des cargos, pétroliers, navires en cale sèche. La roche immaculée mangée par la verdure. Le mont affublé d'une vierge dorée. Les effluves du grand large ne se sont pas encore retirés et embaument l'atmosphère malgré la puanteur du ferry. Les cris des dauphins qui nous ont escortés résonnent encore sur les docks, les vagues étincelantes qui se brisent contre la jetée transportant leur écho.

Nous bombons le torse sur le débarcadère, Yazid et moi. Des bus attendent sur les quais, serrés les uns derrière les autres, que des paquets de jeunes types comme nous les rejoignent. Marseille ne nous déçoit pas, et même plus tard encore en grimpant les marches jusqu'à la gare Saint-Charles, grisés par le voyage, le changement, notre liberté. L'air est doux, le ciel azur. Le soleil déjà chaud de ce matin de mai a des manières de félin méticuleux, nous léchant consciencieusement du bout de ses rayons râpeux. Nous avançons par bonds, comme fixés sur ressort, après deux nuits passées sur le bateau dans des courants d'air marins. Mais nous n'avons pas vraiment le temps de flâner. Sur la feuille de route, notre temps est compté. Nous engloutissons en vitesse, affamés depuis l'aube, le bout de pain, la portion de Vache qui rit, la pomme, l'orange qu'un employé de la Compagnie des mines nous a distribués. Nous écarquillons les yeux en mâchant, avides de tout, curieux des filles que nous devinons au loin, blondes et légères, empressés de découvrir une autre vie, et nous rions avec Yazid sans oser le faire encore à gorge déployée. Nous ne sommes pas arrivés à destination.

Marseille n'est que la première étape de notre grand voyage.

Mais nous nous disons, tous les deux un peu ahuris, que nous avons réussi notre pari, que nous sommes arrivés là où nous ne pensions jamais pouvoir poser les pieds. De nous deux, je suis le plus fier. Je fanfaronne, posant à peine les pieds sur le macadam. Je me sens si malin d'être passé à travers les mailles du filet. Le recruteur n'y a vu que du feu et même tout le cortège des infirmières et des médecins après lui qui n'auraient jamais dû accepter, selon les termes du règlement, un garçon de mon âge. Je n'ai même pas dix-sept ans. J'ai menti évidemment. J'ai toujours fait plus grand que mon âge. Je leur ai promis que j'avais vingt ans comme Yazid. J'ai argué que j'avais peut-être l'air plus jeune que mon cousin, mais que je n'étais ni plus chétif ni moins costaud que lui. Yazid a hoché la tête sans ciller quand le recruteur, un sergent à képi, a posé ses yeux sur lui pour y chercher une confirmation ou, au contraire, la preuve d'un mensonge. Yazid et moi, nous avons toujours bien aimé embobiner notre monde, les copains, les parents, les commerçants. Mais cette fois-ci, nous avons rodé notre numéro, composé notre rôle. Surtout ne pas nous vanter de savoir lire et écrire. Ne pas bavarder, préférer les pauses, jouer les ignorants analphabètes. Nous avons chacun rayé nos certificats d'études de nos mémoires, biffé d'un trait nos bons résultats, écrasé toutes nos réussites, surtout ma place de lauréat des écoles primaires de toute la région en arabe et en français. D'après les bruits que nous avions entendu courir de village en village, le recruteur de la Compagnie des mines ne gardait que les illettrés. Son idéal, un bon gars musclé. Il se méfiait de ceux qui maîtrisaient le français. Mais, devant nous, le militaire, la trogne rafistolée et les narines béantes, n'a pas douté de son flair.

Yazid et moi, nous nous étions lancé ce défi. Rien de plus qu'un jeu. Nous ne réalisions pas vraiment ce que nous faisions. Nous nous étions rendus, à des kilomètres de chez nous, comme une foule d'autres gars déferlant de toutes les montagnes et de toutes les casbahs, à la convocation de la Compagnie des mines annoncée par les chefs des villages. Nous n'étions pas les premiers. Depuis des années déjà, les paysans des plateaux désertiques balayés par les vents du Sahara, épuisés par les caprices de la nature, les sécheresses succédant aux inondations, tentaient régulièrement leur chance auprès du sergent, en espérant une autre vie. À chacun de ses passages dans le grand sud, le recruteur sélectionnait quelques lots de bonshommes, trois ou quatre cents, sur une masse impressionnante de volontaires, parfois dix mille.

Nous avions attendu pendant des heures dans la poussière, la caillasse, sous un soleil de plomb, que le type nous examine. Nous étions des centaines, des milliers de torses nus, chemises défaites, en file indienne, au garde-à-vous, dans la cour du collège débordant au-delà dans la rue, des types calmes et endurants, dociles, tous candidats pour aller travailler dans les mines du nord de la France pour soixante francs par jour. Nous avons appris plus tard que cette longue attente était une épreuve éliminatrice pour tous ceux que la chaleur faisait tourner de l'œil.

Quand le recruteur est arrivé, il a remonté la file, éliminant à vue de nez, d'un geste, les silhouettes juvéniles, les charpentes trop âgées, cabossées, les squelettes emboutis, mal formés.

Puis, les uns après les autres, des heures durant, il nous a pesés, mesurés, examinés, regardés dans le blanc des yeux. Je me suis grandi, étiré, tendu. J'ai bandé mes muscles. Je les ai gonflés comme on souffle dans une chambre à air. Il a palpé la viande, tâté nos chairs, jaugé nos muscles, soulevé nos lèvres, contrôlé nos dents, inspecté nos mâchoires, enfoncé ses doigts le long de nos colonnes vertébrales, testé nos yeux. Puis l'homme a collé sur ma peau un tampon vert en haut à gauche de ma poitrine. Il a fait exactement pareil sur celle de Yazid. Soulagés, nous avons attendu qu'il s'éloigne pour reprendre notre respiration. Si nous avions hérité du rouge, nous étions recalés. Nous sommes restés impassibles, les yeux dans les yeux, maîtrisant notre joie. Nous nous imaginions déjà en France alors que nous venions seulement de franchir la première étape d'une longue série de tests qui allait suivre encore. Nous avons été aussitôt expédiés à l'hôpital de Casablanca pour de nouveaux examens médicaux, des tas de radiographies, des analyses de sang susceptibles de révéler nos défauts physiques, nos défaillances. À la moindre imperfection, nous savions que nous pouvions être refoulés.

La Compagnie des mines ne néglige aucune précaution. Elle exige une main-d'œuvre en parfait état de santé, prête à fonctionner, à exécuter toutes ses consignes. J'ai tremblé en arrivant dans l'hôpital quand les blouses blanches nous ont demandé de nous déshabiller de la tête aux pieds, qu'elles nous ont mis un numéro entre les mains et qu'elles ont commencé à nous examiner sous toutes les coutures. J'ai songé, Yazid et moi, nous allons être séparés. Il va partir sans moi. Mais là aussi, je reste encore ébaubi, j'ai réussi à faire illusion et nous sommes montés ensemble sur le bateau, fiers d'avoir été choisis.

À la gare Saint-Charles, nous nous dépêchons de sauter dans le train de peur qu'il ne parte sans nous. Nous sommes une légion de travailleurs marocains à rejoindre le nord de la France. Une armée de types costauds imaginant qu'ailleurs, l'existence est forcément moins pénible que dans leur Sud rocailleux. Des villageois en quête d'un paradis où, paraît-il, l'argent se ramasse simplement au bord des trottoirs et où l'on travaille en chemise et gants blancs. Nous nous racontons ce genre d'histoires dans le compartiment, nos bavardages camouflant la peur de l'inconnu.

Quand le train s'immobilise dans la gare de Dijon, Yazid se met à agiter un billet de cent francs. Il s'est mis en tête d'aller nous acheter quelque chose à manger pendant l'arrêt du train. Nous sommes de jeunes types affamés. Je le laisse descendre sur le quai et n'ose pas protester quand un passager prend sa place dans le compartiment. Seulement le train repart très vite et je ne vois pas Yazid réapparaître. J'alerte le contrôleur et tous les passagers. Mon cousin est introuvable. Je constate, effaré, qu'il n'est pas remonté dans le train. À Paris, je désespère de le revoir. Je me glisse dans le flux des travailleurs marocains qui suivent le chemin balisé par la Compagnie des mines. Au fond de moi, j'enrage. J'en veux à mon cousin de m'avoir abandonné. Soudain, quelqu'un me fait signe au bout du quai. Je le reconnais immédiatement. C'est Yazid, hilare, qui m'attend. Je suffoque.

– Qu'est-ce que tu as fabriqué ?

Mon cousin me raconte qu'à Dijon, il a grimpé dans un autre train bien plus rapide que le nôtre. Il se gondole à présent du tour qu'il vient de me jouer. Je grogne un peu et je lui pardonne aussitôt. Nous tombons dans les bras l'un de l'autre. Yazid et moi, rien ne peut nous séparer. Même village, même tribu, même destin.

Un car nous emmène encore plus loin que Paris, à Billy-Montigny, dans le Pas-de-Calais, tout au nord de la France. Ciel lourd et terne, pluies fines. Aucune montagne pour élever l'âme et le regard. Le car pénètre dans une ville éteinte et muette à la tombée de la nuit. Nous frissonnons. J'enfile un pull. Un grand silence se fait devant la répétition des maisons de brique identiques et rouges au pied de quelques monts noirs et de chevalets géants qui indiquent l'emplacement des mines. Instinctivement, sans avoir échangé le moindre mot, une même émotion nous relie les uns aux autres. Nous ne nous connaissons pas et nous sommes déjà prêts à nous serrer les coudes. Le car se gare juste en face du centre d'hébergement qui nous accueille. Un bâtiment en brique pareil aux autres. Nous grimpons jusqu'à nos chambres. De petites pièces étroites que remplissent trois lits superposés. Chaque homme trouve, sur son matelas, un casque de mineur, une paire de gants de cuir, une gamelle, un verre, une fourchette, un couteau, un pyjama qu'il pourra ranger dans une armoire métallique posée à côté du lit.

– Qu'est-ce que c'est que ça ? murmure Yazid à côté de moi en réalisant soudain le sort qui nous attend.

Je refoule les larmes qui affluent sous mes paupières. Je ne veux pas pleurer. « Je suis un homme », je me dis à moi-même qui n'ai pas dix-huit ans. Un homme se contient, conserve les yeux froids, serre les dents, encaisse.

– Quoi ? On est des hommes ? je réussis enfin à articuler, en tapant mon aîné sur l'épaule.

Yazid me regarde. Il secoue la tête, passe un mouchoir pour essuyer son visage qui sue malgré la fraîcheur de la pièce. Nous pourrions rentrer, faire la route en sens inverse. Qu'est-ce qui fait que nous ne fuyons pas ? Que nous ne prenons ni tangente ni chemin de traverse ? Le papier que nous avons signé à Casablanca ne compte pas tant que ça. Après tout, un papier se déchire, se met en boule, se jette dans n'importe quel caniveau, emporté dans les égouts. Mais comment rentrer ? La Compagnie a confisqué nos passeports dès que nous sommes montés dans le car à Paris et nous avons déjà des dettes.

Yazid met son casque de mineur sur la tête, enfile ses gants comme on passe un déguisement. Il lève le menton vers moi.

– De quoi j'ai l'air ? il me demande avec sérieux.

Je hausse les épaules.

– D'un type avec un casque de mineur sur la tête !

Yazid fait la moue.

– C'est tout ?

Il fait semblant de rire mais sans bruit. Nos compagnons de chambre aussi gardent le silence, pétrifiés par la réalité.

Après la soupe, nous nous effondrons sur nos lits. Le voyage nous a éreintés et nous ne sommes pas encore sortis de cette sidération qui rend nos gestes mécaniques. Le paradis est une garnison, un embastillement. Je dors sans rêver, mal évidemment. Je me réveille au milieu de la nuit. Je voudrais avoir perdu la mémoire. Je marche entre les lits. Je me pose à la fenêtre où j'aperçois des gens badigeonner les briques et coller des affiches à la lueur des réverbères.

Le lendemain, samedi, mains dans les poches, Yazid et moi, nous marchons dans Billy-Montigny, bien décidés à explorer les rues de la ville. Je m'approche des affiches collées sur les murs cette nuit.

– Tiens, les Français élisent leur président demain, j'annonce à Yazid que ma remarque indiffère.

Sur la photo, le candidat de la gauche s'appelle François Mitterrand et promet de rendre au peuple le pouvoir confisqué par la droite.

Sous le soleil, même voilé par des traînes de nuages, la ville nous offre un tout autre visage. Elle chante à tue-tête. Tous les habitants semblent descendus dans la rue et nous assistons avec stupéfaction, juste après la marche de la fanfare, au défilé des majorettes en petites tenues. C'est la ducasse, comme on appelle la fête foraine dans la région, aves ses manèges d'avions, ses chevaux en bois, son kart, ses stands de confiseries, sa loterie. Des jeunes du coin nous abordent, curieux de nous voir débarquer chez eux. Ils veulent discuter avec nous, mais nous ne les comprenons pas toujours. Nos accents réciproques sont de sérieux handicaps. Nous saisissons néanmoins leur étonnement de voir que des jeunes comme eux acceptent de travailler pour la Compagnie des mines. Quitte à trimer, eux préfèrent l'usine, le travail à la chaîne que la condition de mineur de fond. Certains parlent de l'élection présidentielle du lendemain. Ils affûtent leurs arguments, mais ils sont tous d'accord entre eux. Ici, on vote à gauche. Je me découvre un intérêt pour la politique. Jean-Marc, un jeune militant, me fait un cours de rattrapage sur le socialisme. Il évoque les grands noms du mouvement : Jaurès, Blum, Mendès-France. Je frémis en l'écoutant me raconter les mille deux cents mineurs morts brûlés et asphyxiés dans les galeries de Billy-Montigny et des communes voisines lors de la catastrophe de Courrières en 1906. Le plus grand drame de l'histoire des mines en France. Il a déclenché à l'époque des grèves générales et incité le gouvernement à instaurer le repos dominical. Jean-Marc tend son bras vers le cimetière où les noms des mille deux cents morts sont inscrits sur des dalles, puis s'excuse aussitôt de son indélicatesse en remarquant le trouble que je tente de dissimuler.

– T'en fais pas ! C'est du passé tout ça !

Lundi, 6 heures du matin, nous sommes tous habillés en bleu, ceinturés, équipés, transportés à Douai. J'ai appris, par hasard, que le candidat socialiste a perdu l'élection la veille. Valéry Giscard d'Estaing est devenu le nouveau président de la République française. Cela devrait m'être indifférent, mais je peste, pourtant, intérieurement, désolé de savoir que Jean-Marc, la première personne avec qui j'ai parlé, n'ait pu fêter la victoire de son candidat. Je dois être le seul à y penser. Nous sommes entre Marocains et personne n'en parle. Chacun redoute les nouveaux examens que la Compagnie des mines s'apprête à nous faire subir pour renvoyer ceux qu'elle juge inaptes au travail. Certains d'entre nous ont déjà été renvoyés au pays avant même d'avoir commencé parce qu'ils ont vomi dans le bateau pour Marseille.

Yazid et moi, nous passons les tests et nous restons ensemble. Nous écoutons les indications des formateurs, du traducteur. Nous avons deux semaines pour apprendre, simuler à la surface notre nouveau métier de mineur de fond. J'ai le tournis. Je manipule des outils. Je ne me représente pas encore ce que veut dire descendre sous terre.

La veille du grand jour, nous déménageons dans des baraquements en bois qui disposent d'un gros fourneau au milieu de la pièce, mais où les toilettes se trouvent à l'extérieur. Yazid et moi, nous réalisons, à ce moment-là, que nous sommes coincés. Nous ne reviendrons pas en arrière. Chaque instant converge vers la cage dont nous prenons la direction à l'aube, le cœur battant. Aucun homme ne craque, personne ne se sauve. Les portes métalliques se referment. Coups de sonnette. Dans la cage qui nous emporte au fond ce 1er juin 1974, je ne suis pas dépaysé. Nous sommes toujours entre Marocains serrés les uns contre les autres. Le vide nous aspire, les paupières closes, dans les entrailles du monde. La cage vibre, frotte contre le bois. Mes oreilles se bouchent. Les parois défilent à la lueur des lampes accrochées à nos casques. Je tente de tenir le coup dans le silence émaillé de craquements des profondeurs. La peur nous avale. Je résiste, me contracte. Je voudrais tant être un homme que rien n'écrase, que rien n'altère. J'ignore où se trouve Yazid à cet instant-là, quelque part, dans une autre des galeries de la mine. Je lutte contre la panique qui gratte sous mes côtes et contre les poussières de charbon qui s'infiltrent et s'agglutinent déjà sur les parois de mon corps. Je voudrais tant être plus fort que celui que je découvre en moi. Un verset du Coran me revient : « *Endure patiemment ce qui peut t'atteindre. Tout cela est le propre d'une âme résolue.* » Je la murmure. Je l'entends en écho dans la bouche d'un autre que moi. La cloche sonne. Quelqu'un retire les barrières. La cage nous pousse dans le boyau. Je m'accroche au marteau-piqueur qui fait éclater la roche, le caillou. Le vacarme anesthésie le temps. Je m'accroche pour tenir bon. Je vacille quand je me remémore le collège et la file des torses nus abrutis de chaleur et de rêves, quand je songe à mes parents, sur le pas de la porte, les doigts sur la bouche pour taire l'inquiétude et le manque. « *Al Hamdou Lillah*[1] *!* » avait fini par murmurer ma mère, marquant là sa défaite, comme d'autres femmes avant elle qui avaient vu partir leurs pères, leurs maris, leurs frères, elle avait tenté de me dissuader de la quitter.

Alors je ne pense plus. Le marteau-piqueur vibre sous la paume de mes mains. Je laisse filer les jours, les

1. Louange à Dieu !

semaines. J'ai signé pour dix-huit mois. Le soir avec Yazid, on joue au foot entre les baraquements et on rit, même ici, entre les montagnes noires et le ciel gris souris qui s'emporte parfois et vire à l'anthracite. Nous ne courons pas après nos illusions perdues. Nous attendons patiemment que nos économies grandissent avant de rentrer au pays. Personne ne nous accusera de fainéantise. De temps en temps, Jean-Marc nous rejoint. On va au café. Yazid nous écoute discuter politique sans jamais ouvrir la bouche. Il s'y intéresse, mais n'ose pas trop émettre un avis.

Un jour, mon ami socialiste n'arrive pas seul. Il me présente un géant barbu au teint couperosé et au regard bleu, vêtu d'une large veste indigo :

– Salut ! Voici Jacky. Jacky Zgorecki !

L'homme me serre la main. Je remarque les plis que forme sa peau rouge sur son visage qui semble cisaillé par le climat et peut-être l'alcool. Je remarque qu'il lui manque deux doigts à la main droite. Jean-Marc commande deux bières pour Jacky et lui, deux thés pour Yazid et moi. L'homme s'assied, ne me lâche pas du regard. Je devine un mineur. Sa façon de me dévisager me gêne. Le type finit par dire :

– Ben, c'est du propre !

L'homme crache noir. Il ne décolère pas depuis que Jean-Marc lui a parlé de moi. Je serre les lèvres. Qu'est-ce que j'ai pu faire pour m'attirer ses foudres ? En réalité, Jacky est syndicaliste. Il ne comprend pas comment la Compagnie des mines a pu envoyer un jeune de mon âge tout au fond de la mine. Je me tais, je baisse les yeux. Je lui demande de parler moins fort. Je me méfie des oreilles indiscrètes. Je ne veux pas avoir d'ennuis. Je sais que d'autres ont déjà été renvoyés pour deux mots rapportés par des mouchards. Je me garde de lui dire que je me suis vieilli de presque trois ans sur mes papiers pour être sûr d'obtenir mon billet pour la France. Je ne lui dis pas non plus que le pays que je m'étais fabriqué dans mon imaginaire ne ressemble en rien à celui dans lequel je vis. Ici, on ne porte ni chemises ni gants blancs et les billets de banque ne poussent pas dans le caniveau.

Le syndicaliste jure qu'il va me faire changer de poste, qu'à mon âge, ce genre de travail est interdit.

J'hésite à le suivre. Je n'ai pas l'intention de révéler ma véritable date de naissance aux cadres de la Compagnie des mines. Mais surtout, je ne crois pas aux promesses de cet homme. Je ne vois pas pourquoi il se démènerait pour moi, mineur de seconde classe. Je le sais maintenant, Jacky me le confirme, nous, les mineurs marocains, n'avons pas le même traitement que les travailleurs français. Nous n'avons ni statut ni vrai contrat de travail et encore moins d'avantages sociaux.

Pourtant, quelques jours plus tard, j'aperçois la veste indigo de Jacky devant les grilles du carreau de la fosse. Il m'annonce qu'il a obtenu un autre poste pour moi, moins loin, moins profond, moins dur, et comme je ne sais pas comment le remercier, il lâche entre les dents :

– Sous terre, nous ne sommes tous que des gueules noires.

Je le regarde s'éloigner sur la place. Mon regard ne lâche pas la ligne de ses larges épaules émoussées par le travail au fond, par la vie, par le temps. Soudain, je le vois se retourner sur moi :

– Dimanche, ça te dit de venir manger un bout à la maison ?

Je reste interdit.

– Avec ton cousin Yazid, ça va de soi ! On fera une belote.

Je me sens flotter dans mes vêtements de mineur, malgré les bottillons qui m'arriment au sol. J'ai bien perdu quelques kilos depuis mon arrivée en France. Je me sens léger grâce à Jacky, à cette façon qu'il a de s'adresser à moi.

Je lui fais un geste de la main en lui disant :

– D'accord, mais alors, je mettrai mes gants blancs !

Et j'éclate de rire.

– Oui, tu fais bien, il réplique, car chez moi, l'argent pousse entre les lignes de persil et les rangs de poireaux.

Un procès

Imperceptiblement, les boiseries craquent au-dessus de papa qui avance sans traîner vers la barre de la 17e chambre du Tribunal de Paris. Au-dessus de lui, la hauteur des plafonds semble étirer son squelette, l'élever, alors qu'elle devrait l'enfoncer au contraire sous le poids des lustres étincelants et des fenêtres démesurées qui accueillent à bras grands ouverts toute la beauté indigo du soir. Je tremble un peu. J'ai l'habitude des quadrilatères de béton et des cubes aux parois millimétrées dans les cages de nos immeubles construits à la va-vite en périphérie. Au début, je l'entends à peine. Je tends mon regard vers lui comme si, rien qu'avec les yeux, je pouvais le protéger.

Il est cet homme que je distingue de dos à présent, en veste à motifs prince de galles, élimée au col, aux coudes, les mocassins un peu trop astiqués, les talons usés, mais la colonne vertébrale droite, impeccable. Enfant, je rêvais de papa en commandant de paquebot, blazer marine, boutons dorés, casquette à trois bandes. Sur sa droite, les costumes sombres de Rollo International, tous alignés sur le même modèle, chemises claires, cravates sobres, forment une armée impressionnante de cadres que je sais désormais prêts à tout pour défendre l'honneur et l'image de marque de leur entreprise. À les écouter depuis maintenant deux jours, la multinationale qui les emploie fait quasiment de l'humanitaire au Cameroun et dans tous les pays d'Afrique où le groupe s'implante régulièrement. J'imagine les zéros sur leurs fiches de paie et tous les avantages que la société leur avance pour le prix de leur soumission.

Papa gagne cinq fois, dix fois, vingt fois moins qu'eux. Peut-être a-t-il, un jour, dans son uniforme gris d'agent de maintenance, traversé leurs bureaux, envoyé par la société d'intérim qui l'emploie.

Il y a des mondes entre eux et lui, entre eux et nous. C'est une chose de savoir le monde divisé en strates, en cercles, en classes et de t'imaginer tout en bas de la pyramide, c'en est une autre de le voir, de l'éprouver physiquement. Le couloir qui sépare la salle d'audience illustre ce fossé qui déchire le monde. D'un côté les saccageurs, ceux qui te marchent sur la tête et qui alignent leur suffisance, cette conviction d'être intouchables, au-dessus de tout, de nous, des lois, et de l'autre, les survivants, nous qui tentons d'exister avec des moyens disproportionnés. Je sais bien que dans l'existence, rien n'est peut-être jamais ni totalement noir ni intégralement blanc, papa me l'a suffisamment répété, mais il faut savoir choisir son camp. Je le réalise maintenant. J'ai plus appris en deux jours au tribunal que pendant les dix-neuf ans de mon existence. J'ai, pourtant, tout fait pour ne pas venir. Quand papa m'a demandé de l'accompagner au procès de Pierre Régnier, j'ai refusé d'emblée. Je ne voulais pas avoir à demander deux jours de congé à ma patronne et faire une heure de RER et de métro matin et soir pour assister au procès d'un journaliste que je ne connaissais pas, même si j'avais, bien sûr, compris qu'il était question du Cameroun et d'un reportage qu'il avait réalisé, précisément là où toute la famille de papa habite, dans une plantation de palmiers à huile. Malgré tout, je ne me sentais pas très concernée. Papa a dû insister.

Le Cameroun et moi, on a une histoire d'amour compliquée. Je n'y suis pas retournée depuis au moins trois ans, peut-être quatre, exactement depuis la mort de ma grand-mère. J'y ai passé les plus belles vacances de mon enfance. Mais j'ai grandi et je ne rêve plus de passer mes étés au Cameroun, ni même aucun hiver. Le pays d'origine de mes parents appartient au passé, à une histoire que je n'ai même pas vécue. Jusqu'à ce soir, je ne voulais plus rien savoir de lui. Trop de choses lourdes à porter. Je n'y suis même pas née, contrairement à mes trois frères et sœurs. Mon état civil indique que mon lieu de naissance est la France, Les Mureaux, Yvelines. Mon pays est ici, nulle part ailleurs. Ma langue unique est le français. J'assure en anglais par obligation. Dans le métier que j'apprends, fleuriste, on doit pouvoir échanger avec des clients ou des fournisseurs étrangers.

Avant d'entrer dans cette salle d'audience, j'ignorais que papa allait témoigner devant le tribunal à la demande du journaliste. J'avançais derrière lui jusqu'aux bancs du public sur la pointe des pieds. Je le voyais saluer des gens que je ne connaissais pas. J'ai tiqué quand je me suis aperçue avec quel respect on le traitait. Jamais, jusqu'à présent, je n'avais observé des gens s'adresser à lui avec autant d'égards. Puis le président l'a appelé et l'a fait sortir de la salle avec tous les autres témoins, une trentaine de personnes. Je me suis retrouvée toute seule et je lui en ai voulu de m'avoir fait venir et de me laisser en plan dans cet endroit où je n'étais pas à l'aise, parmi ces gens visiblement issus d'un tout autre milieu que le nôtre. Je ne suis qu'une apprentie fleuriste en contrat de professionnalisation. Je ne comprends rien aux affaires de justice, au travail des journalistes. Je ne suis pas les infos. Pour moi, le papier journal ne sert qu'à emballer à la va-vite les bouquets de fleurs vendus dans les marchés, ou à la sauvette au bout des trottoirs, sur les parkings des supermarchés, le muguet ou les jonquilles.

Je n'ai pas ressassé longtemps ma rancœur.

Le tribunal a diffusé le reportage radio du journaliste et j'ai senti mon cœur s'élancer dans ma poitrine, mes doigts se recroqueviller dans la paume des mains. Tout à coup, sans que je m'y sois préparée, nous étions, sans nous déplacer, sans quitter les lambris du Tribunal de Paris, sous les palmiers à huile du Cameroun, quelque part au nord de Yaoundé.

J'ignore combien de temps le reportage a duré. J'ai reconnu le froissement des herbes, quelques voix, des accents, le silence entre les mots. Ma tête a légèrement tourné quand quelqu'un a raconté combien la société Rollo avait mangé la forêt pour ériger des plantations quadrillant toute une partie du pays de lignes horizontales et verticales de palmiers badigeonnés d'insecticides. J'ai imaginé son visage quand il a décrit les bulldozers croquant l'espace pour installer ces vastes camps d'esclaves que sont les plantations, les hommes de main de Rollo s'accaparant des villages, chassant leurs habitants, empêchant les récalcitrants de survivre. Les mots ont résonné dans ma tête et se sont fracassés dans mon cerveau quand j'ai entendu la voix de papa évoquer la vie des travailleurs de Rollo International et de tous les riverains, surveillés jour et nuit par les miliciens d'une société de gardiennage payés pour faire régner la terreur par tous les moyens en passant à tabac les rebelles, en fouillant les maisons de ceux, quasiment tous, qu'ils suspectent d'avoir volé ou de tremper dans des réseaux de contrebande. J'ai baissé les paupières pour écouter la suite : les rivières bousillées par les produits toxiques, la nature ensevelie sous les cendres de l'usine, les nuages de poussières empoisonnées, les peuples pygmées Bagyeli privés de leurs terres et forcés de partir à la chasse au rat sur les sols stérilisés par la chimie et le chagrin. J'aurais voulu prendre papa dans mes bras à cet instant-là. Mais il était retenu avec les autres témoins, dans une salle du tribunal. Ce qui se passait dans la salle d'audience ne devait pas pouvoir influencer son témoignage.

Un souvenir m'a éblouie tout à coup dans la salle assombrie par un banc de nuages venus s'échouer juste devant les fenêtres de la 17e chambre. J'ai revu le palmier incrusté au sommet de la tombe d'Isaac, mon grand-père, et la croix plantée à son autre extrémité. Cette tombe était la seule, isolée au milieu des palmiers. Alors, une blague de mes cousins m'est revenue : entre voisins, parfois, ils se tenaient les côtes en se demandant les uns les autres s'ils avaient un palmier sur la tête. Le désespoir dote souvent ceux qui en sont habités d'un humour féroce. Les gens de Rollo International, au contraire, ne sont pas des marrants, ils font les choses avec sérieux. Ils ont fait raser toutes les tombes du cimetière du village de mon grand-père pour laisser courir la plantation au-dessus des morts. Seule celle d'Isaac était cimentée. Ils n'ont pas réussi à l'enlever. Mon grand-père est le seul mort à avoir conservé sa tombe dans le cimetière détruit par Rollo.

J'ai continué à écouter les voix de ces gens qui ont risqué leur peau à dire au micro d'un journaliste français le gâchis et la corruption, leur détresse et la complicité indigne des puissants de leur pays. Puis j'ai aspiré toutes mes larmes quand j'ai songé qu'une brochette des dirigeants de Rollo International se tenait à quelques mètres de moi sur le banc des plaignants. J'ai ouvert les yeux, les ai plantés dans leurs costumes de croque-morts et ne les ai plus bougés jusqu'à ce que papa apparaisse là, devant la barre du tribunal.

Je m'enroule dans mon écharpe. J'écoute papa, sa voix douce ne tremble pas. Je grelotte à sa place. Il affirme dans une langue que je trouve belle et forte que le journaliste n'a rien inventé, que son reportage est même en dessous de la réalité, qu'ici, on n'imagine même pas ce que les gens endurent.

L'avocat de Rollo International tape nerveusement contre son pupitre et se penche sur l'épaule de papa. Il prétend qu'il a vu tout le contraire, que les hélicoptères de Rollo International l'ont déposé partout et que ce qu'il a observé ne ressemble pas du tout à ce que papa raconte. Il peut lui-même en témoigner, en agitant les photos de son safari camerounais. Papa ne recule pas. L'agitation de l'avocat ne l'intimide pas ni les regards que les dirigeants de Rollo braquent à présent sur lui comme des armes.

– Quel courage ! chuchote à présent une voix derrière moi.

Je me retourne sur un homme à lunettes qui me sourit.

– Vous pouvez être fière de votre père !

Je le regarde sans un mot. Un jeune homme à la peau un peu terne, laiteuse, le visage émacié, un crâne allongé et resserré à la hauteur des oreilles, en cacahouète. Il porte une veste en velours fauve sur une chemise blanche sans col. Il ressemble à un étudiant. Il a pourtant au moins trente ans. Ce type m'agace. Je ne le connais pas et il se permet avec moi des familiarités qui me gênent. J'espère qu'il n'essaie pas de me draguer. J'ai hâte que papa revienne vers moi. De ce côté de l'allée centrale, derrière le journaliste et son avocat, nous ne sommes qu'une poignée. En face, Rollo International a fait venir du Cameroun tout un bataillon de témoins dans l'avion privé de son PDG. Tout à l'heure, l'un d'entre eux est même venu avec son équipement de chantier pour montrer au tribunal à quel point son patron était soucieux de la sécurité de ses employés. Mais quand le président lui a fait remarquer que son équipement était neuf et qu'il semblait n'avoir jamais été utilisé, l'homme a manqué de repartie. Il est resté la bouche ouverte.

– Vous êtes qui ? je demande au jeune homme un peu brutalement.

– Étienne Lambert, chercheur. Je m'intéresse aux plantations de palmiers à huile ou d'hévéas au Cameroun, au Cambodge, en Indonésie.

Je hoche la tête.

– À Paris ?

– Non, à Harvard. Aux États-Unis.

– Vous êtes venu spécialement pour le procès ?

Des têtes se tournent vers moi. J'ai un peu haussé la voix malgré moi. J'écarquille les yeux.

– Oui. Enfin, j'en ai profité pour organiser quelques rendez-vous aussi. C'est important ce qui se passe aujourd'hui.

Je me mords les lèvres.

– Sans votre père, Pierre Régnier n'aurait jamais pu réaliser son reportage.

Je ne sais vraiment pas ce que je dois dire. Je jette un œil au journaliste. De dos, je ne distingue qu'une silhouette en costume gris, le dos tendu. Quand mon père m'a présenté Pierre Régnier en arrivant, j'ai remarqué son regard vif et ses doigts agités. Un type normal, un peu nerveux, mais concentré et pressé de se défendre. À plusieurs reprises, il a confié à papa :

– Il faut s'en tenir aux faits. C'est le seul moyen de s'en sortir.

Le président interrompt la séance. Le chercheur me rejoint dans la salle des pas perdus. Il m'impressionne un peu. Du haut de mes talons compensés, je conserve un déficit de taille. Je bafouille :

– Vous connaissez bien le Cameroun ?

Mon ton est un peu brusque, mais il ne semble pas impressionner le jeune universitaire.

– Sûrement moins bien que vous, il murmure.

– Vous pouvez m'expliquer pourquoi les rôles sont inversés, pourquoi la société Rollo International n'est pas à la place de l'accusé ?

Il sourit à nouveau, mais sans me regarder de haut.

– Rollo a toujours utilisé la justice comme moyen de pression sur les journalistes.

– Qu'est-ce que vous voulez dire par là ?

– On est en pleine séance d'intimidation. Ailleurs, au Cameroun par exemple, on assassine des journalistes quand ils se mettent à enquêter ou on les jette en prison. Ici, en France, on leur fait des procès pour les laminer. Un procès, ça coûte cher et c'est usant psychologiquement. En plus, vous le voyez bien : qui suit ce procès ? Qui soutient Pierre ? Une ONG, un chercheur.

Deux de ses confrères sont là alors qu'il devrait y avoir des dizaines de journalistes ici.

Je hausse les épaules, fataliste.

– Moi, je ne crois pas trop à ce qu'ils racontent à la télé ou ailleurs.

– Ce qui se passe aujourd'hui, ici, c'est historique, proteste Étienne Lambert, l'air sévère tout à coup.

– Mais pourquoi il n'y a pas de journalistes alors ?

– On peut faire des tas d'hypothèses. Il y a aussi des évidences. Vous voyez le type là, sous la fenêtre, pendu à son portable, en costume beige ?

Je distingue un homme à la tignasse rousse ébouriffée. Il arbore un immuable petit sourire sur les lèvres, à croire que ce qui se passe autour de lui l'amuse.

– C'est Max Valenti. Le patron de la boîte de communication qui bosse pour Rollo International. Il connaît tous les journalistes. À mon avis, il a su minimiser l'affaire, leur raconter qu'il s'agissait d'un procès sans importance, etc.

– Et les gens croient un type dont ils savent qu'il est payé pour les embobiner ?

Le chercheur hausse les sourcils.

– Normalement, ils devraient douter, c'est sûr. Mais il n'y a pas que Max Valenti. Vous voyez la jeune femme, là, au milieu des collaborateurs de Rollo ?

Une seule femme fait partie de l'équipe de Rollo International. Jeune, cheveux longs détachés, tailleur strict resserré sur sa taille de guêpe, talons hauts. Elle porte aussi les ongles longs manucurés.

– Célia Renoud. Journaliste du service public reconvertie dans le lobbying. Elle informe les patrons des médias qu'à la moindre ligne sur ce procès, ils écoperont d'un procès. Et puis bien sûr aussi, Rollo International possède des journaux, des hebdomadaires, des chaînes de télévision. Inutile de dire qu'aucun de leurs journalistes n'aura l'idée de proposer un reportage sur le procès.

– Cela va de soi.

– En plus, le PDG de Rollo International est aussi un grand mécène et soigne ses relations avec tout un tas d'hommes politiques, d'industriels, de hauts magistrats, d'artistes, d'intellectuels français et camerounais.

– Cela fait beaucoup d'amis, j'ose ironiser.

– Exactement, et pour la première fois publiquement, des gens disent comment Rollo International exploite et détruit un pays d'Afrique avec la complicité de ses dirigeants, pire qu'au bon vieux temps du colonialisme. Monsieur Rollo n'apprécie pas trop ce genre de publicité. Il est un peu susceptible. Son objectif, c'est évidemment de gagner le procès, mais surtout de casser les gens. Ils vont essayer de décrédibiliser le travail de Pierre qui est un type intègre, mais aussi de dénigrer la parole de ses témoins.

– Vous le connaissez, monsieur Rollo ?

Étienne Lambert sourit.

– J'ai interviewé Rollo au début de mon travail. C'est le genre d'homme très courtois, assez rond et doux dans son expression, mais qui ne doute jamais et qui, surtout, est convaincu que tout lui est permis. Quand il aura lu mon mémoire, je pense qu'il ne voudra plus répondre à mes questions.

Une sonnerie indique la reprise du procès. Papa revient à sa place derrière le micro des témoins. L'avocat de Rollo International lui pose une dernière question :

– Monsieur Ebanga, je ne comprends pas bien comment vous pouvez être un témoin crédible dans la mesure où vous n'habitez plus la plantation, depuis combien de temps d'ailleurs ?

– Dix-neuf ans.

C'est mon âge exactement.

– Les choses ont bien changé, lui assène l'avocat.

– Non, la situation a empiré depuis que Rollo International a acheté les plantations. Et si j'ai quitté le Cameroun, c'est que ma famille a besoin de quelqu'un à l'extérieur du pays pour continuer à vivre.

Le président du tribunal remercie papa et le laisse repartir. Il fait demi-tour et marche au milieu de l'allée. Ses pas résonnent à peine. Il se rapproche de moi.

– Tu risques quoi, papa ? je lui glisse dans l'oreille.

Il me prend par le bras.

– Un jour ou l'autre, il faut que les choses changent.

– Mais c'est dangereux, papa, pour toi et pour toute la famille là-bas.

Il secoue la tête.

– On a voté cet été.

Je frémis. J'ai manqué ce moment sans doute déterminant pour toute ma famille.

– Aujourd'hui, poursuit papa, c'est moi qui parle, mais toute la famille là-bas est derrière moi. Nous devons veiller, si tu veux bien m'aider, à ce qu'il ne leur arrive rien.

Le procès est terminé. J'embrasse papa. Derrière lui, j'aperçois quelques directeurs de Rollo International. Ils affichent des sourires ravis et se congratulent. Le jugement n'a pourtant pas été rendu. Ils ne l'auront pas avant plusieurs semaines, mais ils sont déjà amplement satisfaits. Ils ont atteint leur objectif numéro un. Un procès sans publicité, sans le moindre écho. Mon ventre se creuse malgré moi.

– Merveille, tu viens ? m'appelle papa.

Je le rejoins avec Étienne Lambert et les quelques soutiens de Pierre Régnier.

Un jour ou l'autre, il faut que les choses changent, je m'entends articuler en moi-même. Et je me promets que je ne manquerai désormais plus aucun voyage au Cameroun.

Permis de conduire

– Tu ne manges pas ? a encore insisté ma belle-mère.

J'ai secoué la tête. Elle a ouvert un paquet et renversé sur une assiette des pâtisseries grasses conditionnées dans du plastique.

– Tu ne bois pas non plus ?

Elle se plante presque contre moi. Je sens son odeur forte, âcre, rance. Son corps, sa peau, ses vêtements, son haleine. Je me retiens d'inspirer par le nez ce qui émane d'elle et qui empeste tout autour.

– Non merci. Je n'ai besoin de rien.

– Inch'Allah ! Si tu es malade, il vaut mieux que tu n'y ailles pas.

Je saute aussitôt de la chaise, cogne mon ventre contre la table, contrôle mon cri, l'étouffe dans ma poitrine.

– Tout va bien. Je suis prête.

Il y a bien une chose que j'aurais voulu lui demander si j'avais osé. J'aurais préféré partir seule, qu'elle me lâche enfin, qu'elle ne m'accompagne pas au centre d'examen.

– Tu ferais mieux de rester ici. À quoi bon aller là-bas ? C'est du temps perdu, tout ça !

Elle a étiré ses lèvres épaisses dans une tentative de sourire. Ma belle-mère est affreuse même quand ses traits s'adoucissent. Elle passe du crapaud au chimpanzé. Elle n'en finit pas de vouloir m'apprivoiser. Je me dérobe. C'est plus fort que moi. Je me cabre. Elle tente de me mette sous sa coupe et je résiste encore. Je ne baisse jamais la garde.

Je sais très bien ce qu'elle dirait si je m'exprimais avec sincérité :

– Mais, ma fille, ce n'est pas possible. Ici, tu ne peux pas sortir seule, surtout pas dans ton état.

J'ai essayé plusieurs fois d'aimer Melek. Son crâne rond, ses traits déjà fripés, son teint rouge sang, sa bonne humeur de paysanne têtue, sa poitrine qui s'étale sur tout son buste, les joggings épais qu'elle porte sous ses jupes beiges m'en ont dissuadée. Je me suis concentrée, raisonnée. Mais sa présence physique m'est devenue insupportable et je ne comprends pas comment un garçon comme Hazam, beau et délicat, a pu jaillir de ce corps.

– À quoi te sert de vouloir aimer ma mère ? m'a raillé sans rire Hazam la semaine dernière quand je lui ai avoué mes difficultés à cohabiter avec Melek.

Je n'ai pas su répondre. J'ai réalisé qu'il était la personne la plus mal placée pour m'aider. J'étais bien incapable de lui demander de choisir entre sa mère et sa femme.

Ma belle-mère et moi, nous sommes originaires du même pays, mais nous ne nous comprenons pas, comme deux étrangères sous le même toit. Elle a toujours vécu à la campagne, en Anatolie, dans ces villages d'une dureté de caillasse au dénuement absolu alors que moi, je ne connais que la ville, la plus grande du pays. Je suis une fille d'Ankara.

Je mets mon manteau, jette un œil au miroir. Exceptionnellement, je mets un carré bleu marine sur mes cheveux pour ne pas lui fournir une nouvelle occasion de pérorer, de m'humilier.

– Tu ne vas pas sortir comme ça ? proteste-t-elle.

Sa voix semble capable de rayer le carrelage. Elle tend l'index vers mes cuisses. Je porte un jean large sous ma tunique à carreaux.

– Pour conduire, c'est plus pratique.

Elle plaque sa main contre son regard. Elle baragouine des paroles inaudibles. Elle se lamente, je la presse un peu, elle serait capable de nous mettre en retard pour me faire rater l'épreuve.

– Qui te parle de conduire ? proteste-t-elle, le nez froncé.

Je serre le foulard contre mes joues. Le bleu du tissu me donne une allure de jeune fille sage et élégante. Je garde mes réponses pour moi. Tout le monde sait évidemment que les candidats au permis de conduire n'ont nullement l'intention de prendre le volant ou alors seulement dans les fêtes foraines.

– Mais qu'est-ce que tu t'imagines, ma pauvre fille ?

Elle insiste. Elle a raison. Objectivement, je n'ai aucune chance de réussir le code. Quand la monitrice de l'auto-école m'a fait passer l'examen blanc, j'ai échoué à deux reprises. Elle a dit que je ne maîtrisais pas assez bien le français pour comprendre toutes les subtilités des questions. Elle m'a dissuadée de passer l'examen. Alors, pourquoi m'entêter ? Je pourrais rester à la maison et attendre la naissance du bébé, ma petite fille, dans mon nid, à l'abri.

Ma belle-mère ne se doute pas que mon mari, son fils, m'encourage à ne pas perdre de temps sous peine de devenir folle enfermée dans l'appartement. Il m'a fourni la liste de toutes les choses que je dois faire pour ne pas perdre la raison, pour ne pas devenir comme toutes ces filles qui s'étiolent dans l'obscurantisme de leurs familles. Je dois sortir de la maison, apprendre le français, passer mon permis, trouver un travail. Hamza est différent. Il ne veut pas me perdre. Aucun autre homme ne m'aurait incitée à quitter la maison, à s'éloigner de sa mère. Hazam n'a pas peur.

Au tout début de ma vie avec lui en France, il y a seulement quelques semaines, nous nous connaissions à peine. Quand il rentrait le soir, épuisé, le corps marqué par les heures sur les chantiers, incapable de me sortir, de me toucher, de me parler, je regrettais de l'avoir rejoint en France. Je m'en voulais d'avoir accepté de me marier à dix-huit ans alors que personne ne m'avait forcée à épouser Hazam. Mes parents m'avaient toujours laissé le choix de ma vie.

Ici, dans cet appartement sinistre d'une tour HLM entourée d'autres blocs identiques frôlant les fumées des usines, des volutes énormes crachées jour et nuit, j'ai cru m'asphyxier. J'aspirais l'air comme une presque noyée dans un monde qui n'était pas pour moi. Les yeux à la fenêtre du matin au soir, je secouais la tête devant ce paysage mouillé de terre imbibée jusqu'à l'écorce. Le ciel s'étirait, s'affaissait, m'enfonçait dans des tourments d'une grisaille infinie, multipliant ses effets sans remords ni pitié. Je ravalais ma fierté. J'allais me réveiller, je m'étais trompée de planète, de pays, d'histoire.

Au bas de la tour, une haie de poussettes nous accueille. Je grelotte. Je ne serai pas une maman en voile vert bouteille, mille bouées autour de la taille. Ma belle-mère les connaît toutes, des gamines de mon âge tout juste débarquées de Turquie, vendues à leur mari, elles sont toutes cousines et ne parlent qu'entre elles. Une fille a eu le culot, par des chemins détournés, de se plaindre à Hazam : elle m'a accusée de ne jamais leur adresser la parole et de discuter avec trois vieilles Françaises sur un banc dans le square derrière la tour. Hazam a haussé les épaules. Il sait que j'ai rencontré trois femmes qui tricotent des chaussons et des brassières pour notre bébé. Trois vieilles qui n'ont pas que ce banc dans leur vie, mais qui m'ont fait une place avec elles, sous un arbre penché, mal foutu. Elles m'ont fait choisir la couleur de la laine et les modèles, juste en pointant mon doigt sur les pages des magazines. Hazam dit qu'elles sont comme des bijoux pour moi, que je dois les choyer comme ma propre mère qui me manque tant.

– Kiraz va passer son code ! explique ma belle-mère qui ne peut se retenir d'informer les voisines.

Elles grimacent. Elles cancanent. Elles m'épuisent. La vie m'accable dans cette tour plantée en pleine campagne. La fadeur des jours, leur lourdeur, leur longueur. Les heures qui s'égrènent dans l'attente de Hazam, je gèle sans lui à compter les secondes, à épier les bruits, à subir les ordres de Melek. La vaisselle, le balai, la lessive, les repas. Je me retire en moi-même. Mon corps engourdi se dilue dans les journées que je déserte. Mon existence insignifiante.

Dès que j'ai eu treize ans, de nombreux prétendants bien plus âgés que moi, qui n'étais encore qu'une petite fille dans un corps de femme, se sont bousculés à mes pieds. Ils aimaient mon regard perçant, mes pommettes pleines, ma taille fine. Je les trouvais laids et poilus, extrêmement repoussants. J'avais peur de leurs piques, de leurs mains, de leur virilité. J'ai décliné toutes leurs propositions.

Nos sœurs ont arrangé une rencontre entre Hazam et moi sans rien nous dire il y a bientôt deux ans fin août à Istanbul.

Dès que je l'ai vu, l'esprit m'a abandonnée. J'ai ressenti une chaleur envahir ma poitrine, mon ventre et, quand ses yeux se sont posés sur moi, je n'ai pas pu empêcher mes lèvres de s'élargir et de sourire. Hazam m'a plu. Il m'a ravie dès cet instant. Et quand ses sœurs aînées, après les présentations, m'ont précisé qu'il habitait en France, ce détail ne m'a pas rebutée, il a même ajouté un attrait supplémentaire au charme que je lui trouvais, alors que j'aurais dû m'interroger. Mais j'avais déjà la tête ailleurs.

Hazam ne m'a pas menti, il n'a pas cherché à enjoliver sa situation en France, son emploi de bête de somme dans le bâtiment, les chantiers d'autoroute, les échafaudages et les grues. Il ne m'a pas raconté que ce pays était un paradis ni promis que son logis était un palais. Mais je ne l'ai pas écouté. J'étais une gamine naïve et un peu niaise. Je n'aurais jamais pensé que la France pouvait être un minuscule endroit coincé entre une rivière grise, turbulente la plupart du temps sauf en été, des montagnes toutes ridées et une prairie d'un vert porte-malheur. Dans mon imaginaire, ce pays était une contrée de conte de fées où je n'avais jamais songé m'exiler, mais dont j'avais entendu le plus grand bien, même si, d'après les bruits qui me parvenaient, elle n'était pas aussi prospère que l'Allemagne. Dans ma famille, personne n'avait jamais songé à traverser la frontière de notre pays. J'allais être la première, une sorte de pionnière. On a de drôles d'idées parfois qui nous traversent la tête à seize ans, des images que nous nous fabriquons de toutes pièces pour qu'elles coïncident avec nos rêves secrets. Deux ans seulement me séparent de cet été-là. J'ai l'impression d'avoir tellement vieilli depuis. Dans le miroir, je ne me reconnais plus. J'ai dit oui très vite à mes sœurs qui se sont empressées de le répéter aux sœurs de Hazam, juste avant qu'il ne quitte Istanbul. Avec Hazam, nous nous sommes écrit pendant un an, raconté nos vies, échangé des photos. L'été suivant, nous nous sommes mariés. Nous n'avons vécu ensemble que quelques jours. Puis il est reparti seul en France. Trois mois ont passé avant qu'il puisse me faire venir avec des papiers en règle. Il m'a présenté, sous un temps maussade, sa petite ville française avant de m'installer dans l'appartement étriqué et sombre où habitaient aussi son frère et ses parents au huitième étage d'un bâtiment qui avait dû être blanc. J'ai mis des jours à me remettre de ce paysage, de cette campagne, moi la fille de la ville. Sans compter que je devais vivre dans la promiscuité à présent, sous le contrôle direct de ma belle-famille, mais également au milieu d'un voisinage exclusivement originaire de leur village en Turquie, des paysans comme eux dont les mœurs ne pouvaient pas être plus éloignées des miennes. J'ai perdu pied progressivement.

Ma belle-mère traîne derrière moi. À ce rythme, nous n'atteindrons jamais le rond-point et le bout du boulevard. Devant, le trottoir brille tel un ruban argenté bien repassé et bute contre les sculptures en ferraille qui ornent le cœur du carrefour. Je ronge mon frein. Elle marque un arrêt, porte la main à son cœur. Elle souffle. Je baisse la tête.

– Tu vas trop vite. Tu veux me faire avoir une crise ?

Elle tousse. Ses cordes vocales vrillent. Sa cage thoracique se soulève par saccades. Sa peau bleuit. Elle crache. Elle serait capable de dégainer son asthme comme d'autres tendent des armes ou posent des pièges pour m'empêcher de passer le permis. Elle s'assoit sur un muret, reprend sa respiration dans les gaz d'échappement de la circulation. Je me penche vers elle.

– Enlève-toi, tu me prends tout mon air ! elle trouve encore l'énergie de me dire.

Melek devrait pouvoir me dire de la laisser et m'encourager à rejoindre la salle d'examen. Mais, le front dans les mains, elle ne bouge pas. Elle maudit sans doute ses filles qui n'ont aucune idée de ce qu'est sa vie pour m'avoir mise sur sa route, fait entrer dans son existence, plus encore que dans celle de Hazam qui travaille du matin au soir très tard. Je la rejoins sur le muret. Je regarde en face le fleuriste, les gerbes de tulipes, jacinthes, narcisses, iris, anémones, renoncules qui forment comme une palette de couleurs au pied des immeubles. J'ignore ce qui me prend, j'ai tout mon temps maintenant, à quoi bon passer le permis ? Je traverse la rue malgré les cris de Melek derrière moi et j'achète deux bouquets de tulipes tigrées, jaunes et rouges. J'en offre un à ma belle-mère que la surprise rend muette et beaucoup moins essoufflée tout à coup. Elle plonge son nez dans les fleurs et ferme les yeux.

– Ces fleurs me rappellent Antalya.

Melek rouvre les yeux.

– Antalya ? Je croyais que tu avais toujours vécu à Ankara ! s'étonne ma belle-mère qui ignore que j'ai été pensionnaire d'un internat à l'âge de dix ans.

Mes dix ans. Leur souvenir est un cylindre noir incrusté d'une fenêtre blanche qui ne s'ouvre pas. Je ne sais pas pourquoi je les lui raconte. Je n'ai jamais rien confié à Melek.

– C'était une idée de mon grand frère Mohamed qui s'en voulait de ne pas avoir fait d'études. Il avait convaincu les parents de m'inscrire dans un établissement renommé d'Antalya, à plusieurs centaines de kilomètres de la maison. Au printemps, la cour du pensionnat explosait de couleurs. Elle était entièrement plantée de tulipes. Mon seul bon souvenir de cette époque. Les fleurs.

– Comment ta mère a pu laisser faire ça ? m'interrompt Melek.

Je hausse les épaules. Je lui raconte mon visage impassible de petite fille, mes lèvres doucement collées dans le train en route pour Antalya. Mon désespoir d'enfant n'est pas un petit chagrin. Seulement, il ne se voit pas. Je le calfeutre, je le réduis à un petit pois dans ma poitrine. Comment s'arrangent les enfants pour masquer ce qui les détruit ? Ou est-ce l'aveuglement des adultes qui refusent de se rendre à l'évidence ?

Antalya, j'ai dix ans et je suis en prison. Je ne comprends pas qui a bien pu me condamner à être arrachée à ma mère, enfermée dans cette bâtisse où je suis perdue jour et nuit, sans repères, loin de ma famille, avec d'autres enfants que je ne connais pas. Nos journées organisées. L'éducation stricte et autoritaire. Dormir, manger, apprendre. Les jours passent, ma peine se déploie. Elle n'est plus ce ver microscopique engoncé dans son cocon. Elle est un papillon rouge incandescent, fuchsia sur les bords et presque fluo sur le corps, les antennes trop courtes et les ailes immenses. Je n'ose la confier à qui que ce soit. Je la soigne, je l'encourage. Elle irradie toute ma personne à présent, jusqu'au bout de mes doigts, de mes orteils, tout mon être contaminé. Je suis un chagrin qui ne se voit pas, retranché, séquestré sous la chair.

Quand je tombe, c'est pour de bon. La tuberculose. Les médecins préoccupés par la gravité de mon état ne se prononcent pas. Hospitalisée, rapatriée. Je rentre à la maison, mais dans un sale état. Quand, enfin, je suis sauvée, cela fait des mois que je n'ai plus dix ans. Maman ne veut plus me lâcher. Je reste si longtemps convalescente que je ne peux plus rattraper le retard que j'ai accumulé à l'école. Je ne sais plus ni me concentrer ni apprendre. Adieu les études. Je m'arrête là. Je ne deviendrai pas avocate comme j'en avais rêvé. Je n'étudierai pas le droit et toutes les lois. La vie m'a brisé les ailes.

– Ta mère a fait ce qu'elle pensait bon pour toi, lâche Melek à côté de moi.

– Je ne leur en veux pas.

J'ai dix-huit ans et, une nouvelle fois, mes parents me manquent, mes frères et sœurs, mes amis. Ils sont mon oxygène.

Melek se lève brusquement.

– Alors, il faut rentrer. Ta peine de petite fille te montre qu'il ne faut plus avoir des idées bizarres. Tu vas avoir un enfant. Il a besoin de toi à la maison.

L'heure de l'examen est déjà passée à présent. Mais la fille qui pousse dans mon ventre ne devra pas avoir la même vie que moi. Elle ne se mariera pas à dix-sept ans et fera des études aussi longues que possible. Elle sera avocate, magistrate, femme d'affaires, doctoresse, chirurgien, diplomate, banquière ou ingénieur et ne dépendra pas de son mari. Je galope à présent sur le ruban argenté que forme le trottoir jusqu'aux sculptures du rond-point. Je laisse Melek m'appeler. Quand je pousse la porte de la salle d'examen, je sors mon passeport de mon sac à main. Un homme m'explique que j'ai de la chance car l'examen n'a pas encore commencé, à cause d'une panne de courant, mais que maintenant l'électricité est réparée.

Je m'installe et me concentre. Rien ne compte plus que cet examen. Je touche la photo de Hazam que je garde au fond de ma poche. Je pose enfin une main sur mon ventre arrondi. Je sursaute soudain, parcourue par une étrange sensation tout au fond de moi. Un remue-ménage, un déménagement. Je réalise que le bébé bouge pour la première fois. « Merci, je dis tout bas au bébé. Merci, je ne te décevrai pas. »

La saveur des kakis de Tokyo

Je ne me lasse pas de regarder la ribambelle d'arbres à kakis, des plaqueminiers me préciserait maman si elle était là, plantés devant ma fenêtre. Un îlot flamboyant entre le gris des maisons et la rectitude inépuisable des climatiseurs. Ces arbres me fascinent. Chauves et bardés de fruits charnus. Leurs branches sombres à nu aux formes déchiquetées, ornées d'énormes perles orange virant au rouge, comme décorées de bijoux clinquants. Ils me font penser à de vieilles dames coquettes au cheveu rare, enturbannées d'or, fardées à l'excès, le vermillon un peu baveux sur les lèvres. Je passe mon temps à dessiner ces arbres, à tous les moments du jour, puis à les peindre à l'aquarelle. Kaki se prononce en français et en japonais de la même façon. À l'écrit, c'est une autre histoire. Kimiko m'a dessiné le kanji de kaki au bas de la feuille : 柿. Elle l'a aussi formé en hiragana カキノキ s'appliquant au crayon de papier, remontant tout sourire, sur le haut de son crâne, la mèche de cheveux qui lui glisse régulièrement devant les yeux. Depuis qu'elle m'a vu savourer mon premier kaki, elle m'en ramène tous les jours. Elle va en acheter à Okamoto San, la voisine, propriétaire des plaqueminiers d'en face. Elle me regarde les manger comme on va au spectacle. Le plaisir, et même le bonheur insatiable que j'éprouve à mordre dans la chair juteuse et sucrée des kakis quand ils sont mous, à faire fondre la pulpe sur ma langue la rassure sur mon état et la fait rire. Elle piaffe. J'ai des manières un peu gloutonnes quand j'approche un kaki de ma bouche. Du jus coule sur mes joues, mon menton, dans mon cou.

– *It's very good for your health, Jules,* m'approuve-t-elle de sa voix un peu rauque, en hochant la tête et en me tendant, malgré tout, une serviette.

Kimiko fait toutes sortes de grimaces quand elle s'exprime. Son visage n'est jamais impassible, toujours ultra mobile. Elle passe à l'anglais quand elle réalise que je ne comprends pas ce qu'elle me dit en japonais. Je ne saisis pas toujours son accent. Ce serait plutôt à moi de faire l'effort de m'exprimer dans sa langue. Pourtant, Kimiko ne me fait pas de reproche. La copine de mon père sait faire preuve de délicatesse et d'attention. Jusqu'ici, elle et moi, nous ne nous étions jamais beaucoup fréquentés. Nous restions à distance même si nous habitons le même lieu. Papa, volubile et bavard, prend sans doute toute la place entre nous. Mais depuis une semaine, je suis malade, un gros rhume, et je me retrouve seul avec Kimiko pendant que papa travaille dans le bureau qu'il loue au vingt-septième étage d'une des tours de Nishi Shinjuku, à moins de dix stations de métro d'ici. Kimiko me soigne, délaissant, tout en haut de la maison, l'atelier où elle crée des tissus. Elle me concocte des bouillons, des tisanes et me sert du thé vert dans des théières en céramique ou en fonte qu'elle collectionne pour leurs couleurs ou leurs motifs, rouge à carpes dorées, blanche à pieuvres indigo, et qu'elle expose sur tout un pan de mur de la cuisine.

Je me sens mieux en compagnie de Kimiko qu'avec mon père. Lui et moi, on peine à se parler, je veux dire, à échanger vraiment. Nous restons toujours à la surface des choses. Est-ce que je m'attendais réellement à autre chose en venant m'installer chez lui au Japon ? Je dois être honnête. Je n'ai pas décidé de troquer ma vie sur la Côte d'Azur contre cette existence de banlieusard tokyoïte, tout au bout de la ligne Chuo, pour me rapprocher de mon père. Si je dois à quelqu'un d'être venu au Japon, c'est à Jiro Taniguchi, le célèbre dessinateur de mangas. Je ne suis pas un de ces fans exclusifs et inconditionnels de mangas, prêts à se métamorphoser en dragonball ou en pokemon. Mais je suis un fidèle de Taniguchi dont l'œuvre n'a rien de commun avec les mangas produits à la chaîne. La lecture de ses albums m'a rendu curieux de dessin, de BD, de cinéma et, à partir de son univers nippon, je me suis ouvert au reste du monde.

Je ne sais pas ce que je m'étais imaginé au juste en venant à Tokyo. Est-ce que je m'étais réellement figuré que je pourrais tomber par hasard sur Taniguchi en train de déambuler dans la ville comme le héros de son livre

Le Promeneur ? Maintenant que je suis ici, dans cette ville si tentaculaire qu'il vaut mieux écarter l'idée de la traverser en voiture sous peine d'ennui vertigineux et d'infini agacement, je sais bien que j'ai à peu près autant de chance de croiser par hasard Taniguchi que de rencontrer l'empereur et sa femme en train de s'acheter des nouilles. Mais je ne regrette rien.

Cet été, j'étais tellement content de m'exiler dans la petite maison d'Ogikubo de mon père que je n'avais pas réalisé que je m'apprêtais à vivre avec lui pour la première fois. Évidemment, il ne m'avait pas prévenu que nous ne serions pas seuls, lui et moi, et que Kimiko partageait sa vie. Mais sa présence n'a pas vraiment été une surprise pour moi. Mon père exècre la solitude et a toujours réussi, par je ne sais quel mystère, il ne semble pas spécialement séduisant, il a même pas mal d'embonpoint, à s'entourer de femmes, certes jamais longtemps les mêmes, mais toujours plutôt jeunes et assez jolies. Enfin, si l'on aime le genre sophistiqué. Kimiko fait figure d'exception. Elle n'est pas jeune. Elle approche la cinquantaine et sa beauté n'a rien d'exubérant ni de tape-à-l'œil. Kimiko est imparfaitement belle et, pourtant, elle l'est absolument sans apprêt. Il se dégage d'elle un charme un peu triste qui n'appartient qu'à elle.

Mes parents n'ont jamais été mariés. Mon père a quitté ma mère avant ma naissance. Il ne voulait pas d'enfant mais, quand je suis né, il est revenu. Pas très longtemps, juste assez pour que ma mère lui fasse comprendre qu'elle voulait un père de chair et de sang pour son garçon sans pour autant avoir à le partager avec lui à temps partiel. Sur ce point, ils ont réussi à s'entendre. Aucun juge n'a eu à se mêler de leur vie privée.

Je n'ai donc vécu qu'avec ma mère qui n'a pas refait sa vie, organisant son existence autour de moi. Elle n'a cherché au travail aucune promotion et ne s'est jamais préoccupée de grimper les échelons. Elle a même refusé un poste à Paris, préférant me voir grandir dans un jardin truffé d'arums et d'hibiscus avec vue sur la mer plutôt que dans une citadelle d'ambitieux. Mon père ne m'a jamais manqué. Ses activités professionnelles de businessman s'accommodaient paraît-il de toute façon mal de la présence d'un enfant. Lui et moi, nous nous sommes toujours vus, de temps en temps, irrégulièrement, pour un restaurant ou un ciné, parfois tout un week-end, à Porquerolles, sur le bateau d'un de ses copains, ou à Casterino, dans le chalet d'un de ses cousins. Je peux dire que nos relations ont toujours été bonnes.

Avec maman, en revanche, les choses ont commencé à tanguer entre nous, il y a deux ans. Du jour au lendemain, je me suis mis à ne plus pouvoir la supporter. J'ai commencé à ne plus rentrer à l'heure, à lui répondre, à l'insulter même parfois. Je n'en suis pas fier quand j'y songe. Maman a toujours tout fait pour moi. Je lui ai même reproché cela. J'aurais préféré qu'elle déploie moins d'énergie pour moi, qu'elle disparaisse même parfois. Alors, quand un matin, mon père, d'une manière tout à fait inhabituelle, m'a demandé de passer chez lui le plus vite possible, j'ai filé. Je me souviendrai toujours de ce matin parme, du soleil encore pâle quand j'ai posé mon vélo contre l'un des deux palmiers de la résidence, au pied de la façade citron façon tarte meringuée de son immeuble et que j'ai grimpé les escaliers quatre à quatre jusqu'au dernier étage. Il m'a emmené sur la terrasse devant laquelle tout Nice semblait s'étaler et m'a annoncé son départ imminent pour l'autre bout du monde. Un exil que je devais garder secret. Il fuyait le fisc. Le tribunal avait placé son entreprise en redressement judiciaire et papa avait décidé de mettre les voiles. Trop de dettes à rembourser, de factures à honorer, de fournisseurs à régler.

– Je recommence à zéro, Jules, a-t-il dit avec une gravité que je ne lui connaissais pas. Je vais tenter ma chance au Japon.

– Au Japon ?

Je m'étais figé. En l'espace d'un instant, comme si j'allais mourir, j'avais passé en revue, dans ma tête, des tas d'images, des films de Kitano, des livres de Matsumoto et évidemment des planches de Taniguchi. Je n'avais pas pensé à Fukushima, à l'accident nucléaire, aux tremblements de terre, aux tsunamis, aux typhons. Maman l'avait fait à ma place quand, plus tard, je lui avais annoncé sans précaution, en fanfaronnant, que, désormais, je partais vivre chez mon père. Pour elle, le Japon n'évoquait rien d'autre qu'une série de catastrophes. J'avais eu l'impression de la voir s'enfoncer dans le sol recouvert de tommettes cuivrées de la cuisine. À croire que je l'avais assommée.

Maman n'a pas eu d'autre choix que d'entériner ma décision, même si elle a bataillé pendant des mois avant de me laisser rejoindre mon père. Une année cauchemardesque. Mes résultats en chute libre au collège, les disputes incessantes, les cris.

Ma vie nippone a débuté à la fin de l'été et, maintenant que l'automne s'est avancé, je réalise que mes progrès en japonais sont plus que laborieux et que j'ai même, progressivement, perdu l'usage de la parole. En français, je n'ajuste plus correctement les syllabes et les mots. Je me suis lentement déconnecté des autres, comme reclus en moi-même. Je ne comprends pas encore ce qui m'est réellement arrivé.

– *Sumimasen, ojama shimasu*[1] ?

Kimiko a passé sa tête ébouriffée dans ma chambre. La pièce fait l'angle de la maison, un cube à deux étages au coin d'une rue calme. Elle l'a décorée de tableaux aux motifs indigo avec du parquet blanc au sol et pas de tatamis comme au rez-de-chaussée.

1. Excuse-moi, je te dérange ?

– *Daijobu desu ka*[2] ?

– *Daijobu desu*[3], je lui réponds en faisant ressortir ma fossette droite.

Kumiko me rejoint dans la contemplation des plaqueminiers de l'autre côté de la fenêtre et dans le silence. Les branches ne craquent pas sous le poids des fruits dodus. Je sens le silence entre Kimiko et moi épais et doux comme la peau des kakis. Je ne crois pas que le silence se partage avec n'importe qui. Et je réalise qu'il y a eu trop de vacarme autour de moi depuis mon arrivée à l'aéroport international de Narita. Papa m'a projeté dans son monde d'expatriés, d'hommes d'affaires, de hauts fonctionnaires européens, de gens friqués à des galaxies de l'univers dont je viens, un quartier de petites maisons au bord de la mer, dans un paysage d'une absolue beauté, mais peuplé de gens simples. Au lycée français, je me suis laissé asphyxier par une clique d'ados déjà snobs et un peu trop gâtés, habitués à emprunter les longs-courriers et à pivoter d'une langue à l'autre, et finalement peu concernés par ce qui se passe autour d'eux.

---

2. Est-ce que tout va bien ?
3. Ça va.

À les côtoyer, j'ai fini par me sentir extraterrestre. Tous m'ont raconté leur Japon, souvent une vision calquée sur celle de leurs parents, m'empêchant d'expérimenter vraiment ce pays, un peu comme s'ils m'avaient emmené voir un film au cinéma en me racontant la fin de l'histoire et, de surcroît, sans me permettre de le découvrir en VO.

– Le kaki est le fruit national du Japon, murmure soudain Kimiko en rougissant car elle me parle en français. Un peu comme chez vous les oranges, je crois.

Je ne relève pas. Elle marque une profonde respiration et reprend. Elle me raconte les différentes sortes de kakis. Deux mille variétés en tout pour deux grandes catégories, les astringents, d'une part, qui se consomment mous et blets, les non astringents, d'autre part, qui se croquent comme des pommes.

– Astringent ? je demande.

Elle recule la tête tout en maintenant le cou parfaitement immobile.

– Tu ne connais pas ?

Ellle lève les yeux au ciel.

– *Oh, my god ! How can I explain you ?*

Elle fait une drôle de tête, tend son index sur sa bouche. Elle m'explique que l'astringence, c'est quand on mange ou quand on boit quelque chose et que, subitement, on a l'impression que sa langue, ses joues, son palais se dessèchent. Elle mélange le français, l'anglais et le japonais. Elle poursuit en me racontant qu'on fait fermenter les fruits astringents quand ils sont verts et qu'on utilise, depuis la fin du VIIIe siècle, leur jus, le kakishibu, pour imperméabiliser et protéger le bois contre les insectes, mais aussi les sacs à saké, l'alcool japonais, pour teinter le washi, un papier traditionnel fabriqué à la main, et le tissu que le kakishibu colore d'un rouge garance tirant sur le marron, très à la mode pour les jeans.

Elle rit en mettant la main devant sa bouche exactement comme les filles dans les dessins animés japonais.

– *Ikimashô ? Are you ready for a walk ?*

– Tu parles français, Kimiko ? je demande.

– Comme ci, comme ça ! elle balbutie, gênée, les paupières baissées, la bouche en bouton de rose. J'apprends.

Le visage de Kimiko est une succession de cercles. Deux ronds roses surgissent au-delà des ailes du nez et délimitent des pommettes à l'arrondi parfait.

– Quand tu veux comprendre quelqu'un, il faut essayer de parler sa langue.

Elle n'a pas rouvert les yeux. Je peux sentir l'émotion qui la traverse et qui m'irradie dans une onde. Je songe à papa qui ne parle pas un mot de japonais.

Avec Kimiko, on marche des heures dans la ville. Elle me montre ses endroits préférés, des ruelles, des bouts de jardin, des temples, des magasins d'origami, des restaurants. Puis, dans un entrelacs de ponts et d'autoroutes qui se superposent entre les tours, nous entrons dans ce que je crois être un petit parc de quartier.

– Mizuko Jizo, murmure-t-elle.

Je ne saisis pas. Je devine seulement ce dont il s'agit quand, sous une voûte d'érables pourpres, presque grenat, je découvre la statue d'un moine portant un enfant dans ses bras.

– Un cimetière d'enfants ?

Kimiko se penche en avant, les mains jointes, en prière. La tension fait vibrer ses cils et les rides qui irriguent ses tempes. Je l'observe. Je suis la courbe de sa nuque sous ses cheveux coupés court, la maigreur de son corps d'adolescente quinquagénaire en jean et baskets. Autour de nous, des dizaines de paires d'yeux nous scrutent, ce sont ceux des statues d'enfants alignées sur plusieurs rangées et qui semblent minuscules de part et d'autre du moine Jizo. En sortant, Kimiko lâche quelques mots pour m'expliquer que l'endroit est dédié aux enfants mort-nés, avortés, trop tôt disparus. À cet instant-là, elle remue à peine la bouche quand elle parle et sa peau prend des transparences qui trahissent son désarroi.

Je ne demande pas à Kimiko pourquoi elle m'a emmené ici. Je ne lui connais pas d'enfants. Elle m'aurait parlé d'eux si elle en avait eu. Est-ce qu'elle n'en a jamais eu ? Est-ce qu'elle n'en a plus ? Je suppose un chagrin enfoui. Je lui souris, elle me montre la rue en ajustant une paire de lunettes noires sur son nez et nous rentrons côte à côte, silencieux et chancelants, dans la ville illuminée et rousse de la fin du jour. En face de la maison, j'aperçois Mme Okamoto, une vieille femme à gros chignon gris, la peau très claire et toute plissée. Elle étire son corps rabougri pour cueillir un kaki. Kimiko la salue d'un sourire et d'un geste de la main.

Les plaqueminiers me ramènent à Nice. Je le dis à Kimiko :

– Tu sais, chez ma mère…

Je m'interromps. Je réalise que j'évoque pour la première fois maman avec Kimiko. Pour la première fois aussi, je dis « chez ma mère » et pas « chez moi ». Kimiko penche la tête de mon côté, le sourcil levé, comme pour m'encourager à poursuivre.

– À Nice ? m'interroge-t-elle, le regard brillant de curiosité.

– Oui, à Nice. La voisine de ma mère est une vieille dame qui ressemble un peu à Okamoto san. Dans son jardin, il y a trois arbres à kakis. Elle laissait pourrir les fruits par terre jusqu'à ce qu'un jour, elle m'autorise à venir les ramasser. Pour moi, le kaki, c'est un souvenir d'enfance.

Kimiko fronce les sourcils, s'étonnant qu'il y ait des kakis à Nice.

– La voisine de ma mère les appelle des « abricots du Japon ».

J'éclate de rire. J'ai l'impression que cela ne m'est plus arrivé depuis des siècles. Kimiko me rejoint dans mon fou rire.

– Tu n'es plus…

Elle cherche ses mots et peste :

– *Yabai !*

– Non, je ne suis plus malade ! je dis en enlevant mes chaussures avant d'entrer dans la maison.

Mon téléphone portable vocifère dans ma chambre. Je monte les escaliers en courant. Maman affolée s'exclame, la voix chargée de reproches et d'angoisse :

– Tu vas bien ?

– Ben oui.

– Je t'ai déjà laissé des tas de messages. J'ai entendu à la radio qu'il y a eu un tremblement de terre à Tokyo ! J'ai…

C'est nouveau : je ne m'énerve pas. L'inquiétude de ma mère ne m'agace pas. Je ne lui en veux pas. Je la rassure. Je n'ai pas senti la moindre secousse. Je lui parle plutôt des kakis de Tokyo et de leur saveur sucrée. Je dis péremptoire :

– Le kaki est le fruit national de mon enfance.

J'entends son rire au départ timide, qui s'épanouit dans le téléphone.

– Jules, je voulais te dire, j'ai rencontré quelqu'un.

Je reste sans voix. Je m'assois. Le sol se dérobe sous mes pieds. Pourtant, rien ne bouge dans les entrailles de la terre. Brutalement, quelque chose brûle en moi, se consume dans ma poitrine, m'abandonne et me manque déjà.

Remerciements

Petite fille, je considérais les gens qui quittent leur pays comme des héros. J'ai déjà le désir depuis longtemps de raconter les vies de ces gens-là et, en particulier, celles de leurs enfants. Avant de me lancer dans l'écriture, j'ai rencontré une quinzaine de familles d'une petite commune de l'Ain, située au nord de Lyon, Saint-Laurent-sur-Saône. Je leur suis reconnaissante de m'avoir reçue chez elles et je les remercie de m'avoir raconté leurs itinéraires. À partir de leurs récits, j'ai laissé courir mon imagination pour inventer des personnages de fiction et construire des histoires. J'ai d'abord écrit « Nos zèbres voyageurs », pièce jouée par les enfants et les adultes du Théâtre de l'Ouvroir à Pont-de-Vaux (Ain) et à Tournus (Saône-et-Loire). Le second volet de mon travail est ce recueil de nouvelles.

Merci
– à Danielle Dupupet, qui, la première, a eu l'idée de cette aventure et qui a permis ces rencontres ;
– à David Giraudon, pour son enthousiasme et ses encouragements ;
– à Antoinette et Jean-Marc Brunier (Librairie Le Cadran lunaire, Mâcon) ;
– à Nadine Drillier (mairie de Saint-Laurent-sur-Saône) ;
– au salon du livre « Levez l'encre » et à ses bénévoles ;
– aux enfants de CM1-CM2 de l'école primaire de Saint-Laurent-sur-Saône qui ont participé à leur façon au projet.

Merci, en particulier, au Conseil général de l'Ain pour son soutien.
Merci à Soazig Le Bail et à Mikaël Ollivier.

Du même auteur (bibliographie sélective)

La tête de mon brochet, éd.Thierry Magnier, Petite poche, 2013.
En Cavale, éd.Thierry Magnier, coll. Le feuilleton des Incos, 2012.
Janusz Korczak : « Non au mépris de l'enfance », éd. Actes Sud Junior, 2012.
Chico Mendes : « Non à la déforestation », éd. Actes Sud Junior, 2010.
Quand mon frère reviendra, Rouergue, 2009.
Bienvenue à Goma, Rouergue, 2008.
Dans la peau des arbres, Rouergue, 2006.

La collection Nouvelles

Nouvelles fraîches

de Jean-Noël Blanc

Brèves internationales et locales, sport, vie économique et sociale, faits divers, culture et loisirs... Un recueil qui prend la forme d'un quotidien plein de « nouvelles » du monde. Ces informations fictives, drôles, inquiétantes, joyeuses ou dramatiques, dressent un portrait de l'humanité.

Honte de tout

de Carole Fives

Il y a « cette connerie de virginité » dont il faut bien se débarrasser un jour. Ces poils au menton qui tardent à pousser. Ces mots d'amour qu'on hésite tant à prononcer et qu'on regrette aussitôt fait. Et comme si « ça » ne suffisait pas, il y a aussi les parents !

Seize confessions d'ados de ce siècle, drôles, cruelles, et finalement intemporelles.

Tu veux savoir ?

de Johan Heliot

Un collège, des élèves, un principal... Normal. Pourtant... Action, suspense, manipulation, entre science-fiction et fantastique, après la lecture de ces neuf récits, plus rien ne vous paraîtra normal dans ce collège... ni dans le vôtre !

Ça me file le bourdon

de Hervé Giraud

Avec la bande de copains et la famille foutraque d'un narrateur impertinent, drôle, observateur et touchant, l'auteur nous offre une virée décoiffante, en onze aventures, au cœur de cette parenthèse qu'est l'adolescence quand la vie déborde parce qu'il est encore trop tôt, et déjà trop tard.

Mad l'Africain

de Vincent Crouzet

Tout le monde connaît Mad dans la ville du Cap. Surtout les flics dont cet incontrôlable chauffeur de Rikki, le taxi local, est la bête noire ! Le Français a le don de se fourrer dans les ennuis, pour voler au secours d'une belle de passage, d'un gamin aux prises avec des tueurs de rhinocéros...

Les fils de l'ogre

de Mathis

Fred et Max sont les fils de l'ogre : père brutal, dépressif, alcoolique. De l'enfance à l'âge adulte, ils se serrent les coudes non pour trouver le bonheur, mais pour rendre l'existence supportable. Pas une vie, et pourtant, la vie qui déborde.

Une histoire de peau

de Jeanne Benameur

Le travail élevé au rang de religion ? L'éternelle jeunesse pour seul horizon ? Le rêve comme ultime refuge d'une réalité invivable ?

L'auteure dénonce les dérives d'une société incapable d'établir une harmonie entre les hommes et le temps.

Désobéis !

de Christophe Léon

Fais pas ci, fais pas ça, fais tes devoirs, baisse la musique... Les ados passent leur temps à entendre ordres et conseils. L'auteur de cet ouvrage lance un cri d'alarme : DÉSOBÉIS !

Le monde et notre destin nous appartiennent.

Par cœurs

de Dominique Dyens

C'est la rentrée, la prof de français crée une mini révolution quand elle donne à ses élèves un devoir qui non seulement ne sera pas noté mais surtout ne sera pas lu ! Un devoir rien que pour soi avec en plus LE thème qui tue : l'amour idéal.

Mi-ange mi-démon

de Thomas Scotto

Ados, adultes ou personnes âgées, tous veulent croire en la vie et se laissent guider, pour le meilleur et pour le pire, par les rencontres, les amours, les chances et les coups du sort. Chacun est double, entre rêves et réalité, entre espoirs et renoncements, mi-ange mi-démon.

Quelle mouche nous pique

de Hervé Giraud

Le lycée, les copains, la famille, les filles, le désir qui tourmente, la débrouille pour se faire de l'argent de poche… Douze histoires entre le regret de la grâce de l'enfance et l'impatience d'être enfin adulte.

Mad Froggy

de Vincent Crouzet

Mad Froggy est chauffeur de Rikki, l'un de ces taxis-bus qui sillonnent la ville du Cap. Français excentrique, favori des marginaux, bête noire de la police, il véhicule toutes les catégories sociales. Une folle plongée au cœur de la nouvelle Afrique du Sud.

Tailles douces

de Jean-Noël Blanc

Une histoire dont le lecteur choisit la fin, vous en avez toujours rêvé ? Jean-Noël Blanc l'a fait ! Des nouvelles avec ou sans chute, une intrigue racontée de différents points de vue, un texte sans accent ou sans adjectif… Une foisonnante galerie d'histoires et de personnages.

Amour en cage

de Jean Molla

Il y a des moments que l'on traverse en sachant qu'on ne les oubliera jamais. En treize histoires, l'auteur nous invite à voyager vers ce qui, dans le quotidien, ne l'est justement pas.

Terrains minés

de Fred Paronuzzi

En France, en Irak ou en Afrique, par temps de paix ou de guerre, sous un régime démocratique ou dictatorial, le football est un langage universel, un passeport vers la diversité du monde.

Totale angoisse

de Brigitte Aubert

Tueur en série, évadé de prison, psychotiques livrés à eux-mêmes… Une série de récits à suspense, du thriller cent pour cent, sang pour sang.

Pas folle la guêpe

de Hervé Giraud

Il a huit ans, douze ou quinze. Il nous raconte sa famille, ses plaisirs et ses doutes, ses courages, ses lâchetés... Sa vie. Il nous révèle les trésors inépuisables du quotidien.

Demain ça ira mieux

de Jean-Paul Nozière

Il y a des jours où tout va de travers. Avec humour, suspense et tendresse, Jean-Paul Nozière dresse le portrait de ces perdants magnifiques dont la vie est soudain au-dessus de leur force. Demain, ça ira mieux ?... On peut toujours rêver.

Périgord noir

de Louis Sanders

Le Périgord... Ses forêts giboyeuses, son foie gras, ses Anglais, sa Dordogne, ses châteaux... Ses crimes. Six histoires où le crime s'invite dans la vie de tous les jours. De la littérature noire qui sait toucher au plus profond de l'âme humaine.

Le Bâtard de l'espace

de Colin Thibert

Entre clonage, trafic d'organes, divorce parents-enfants et voyages dans le temps, dix nouvelles de science-fiction pas si loin que ça de la réalité et qui, par un humour dévastateur, dressent un portrait délirant et catastrophique de notre futur proche.

La Botte secrète

d'Éric Boisset

Onze aventures toutes véridiques, onze bêtises plus grosses et plus drôles les unes que les autres... Des nouvelles d'une grande fraîcheur qui saisissent ces rares moments de vie où seuls comptent l'instant présent et la certitude d'une éternelle jeunesse.

Noir américain

d'Armand Cabasson

Quand le rêve américain tourne au cauchemar, c'est tout le monde moderne qui vacille. En dix nouvelles à suspense, passant du pur thriller au polar psychologique, ce recueil coup de poing trace un portrait au vitriol d'une Amérique qui se perd.

Cet ouvrage a été achevé d'imprimer

sur le quai des adieux

pour le compte des éditions Thierry Magnier

par l'imprimerie Sepec à Péronnas

en mars 2014

Dépôt légal : avril 2014

Numéro d'impression : 12004140301

Imprimé en France

IMPRIM'VERT®

PEFC™ 10-31-1470 / Certifié PEFC / Ce produit est issu de forêts gérées durablement et de sources contrôlées. / pefc-france